每個人心中都有一座島嶼，

藉文字呼息而靜謐，

Island，我們心靈的岸。

詩人與獵人

島嶼女生的非洲時光

林怡翠 著

等待一個預言

顏艾琳

「樹梢上有兩隻小小的鳥兒，
一隻黑色，一隻白色，
黑鳥飛遠了，白鳥也飛遠了，
飛遠的鳥兒們，
不信任與帶著傷口的，都回來吧。
回來吧，黑鳥，
回來吧，白鳥。」

再看林怡翠書寫的非洲，仍舊還是震撼，跟第一次看到時所受到的強度一樣。實在是因為非洲歷史扭曲得太超現實，非我們這些置身之外者能體會，那些悲慘的奴隸年代、恐怖的殺戮、殘暴的政權統治、長期的天災、貧富間的極端落差、愛滋病的燎原……遠的歷史發生在十五世紀，近的事件居然就在前幾年，甚至，這一刻的非洲仍在變動中，和平安好的結局遲遲未降臨這黑色的大陸。

很難平靜地談論非洲，我太容易聯想到它的黑暗。而怡翠卻在〈黑鳥白鳥〉這篇文章中提到，很可能在古老古老的以前，有一位巴索圖族的巫師就預言到白人會來到非洲，以及後來黑人終於建立國族，卻又讓自身限於另一種苦困的境界，種種這近代幾百年來的事情；這巫師將預言譜成嘹喨清越之歌，一代代傳唱下來。

怡翠看到的這婦人一邊舞動身體，一邊將這預言快樂地唱出，也唯有經歷過非洲歷史的人，才能如此「歌舞非洲」吧。而怡翠也正在經歷非洲，時間不長，將近四年的體會，並沒有使她的黃種人觀點，「漂白」或「轉黑」。她寫的非洲不禁讓我想起三毛的撒哈拉，能夠入世地描繪出那裡的生命面相，也能出世地以個人情緒牽引出悲哀喜樂的故事基調。大悲大喜，出入從容。

但是看三毛的書，我們會想去撒哈拉沙漠騎駱駝、看那伊斯蘭女子的長長面紗；而閱讀林怡翠的這本書，我們會慶幸自己不是非洲黑人，也許幸災樂禍——幹嘛去那鬼地方？還好，我們

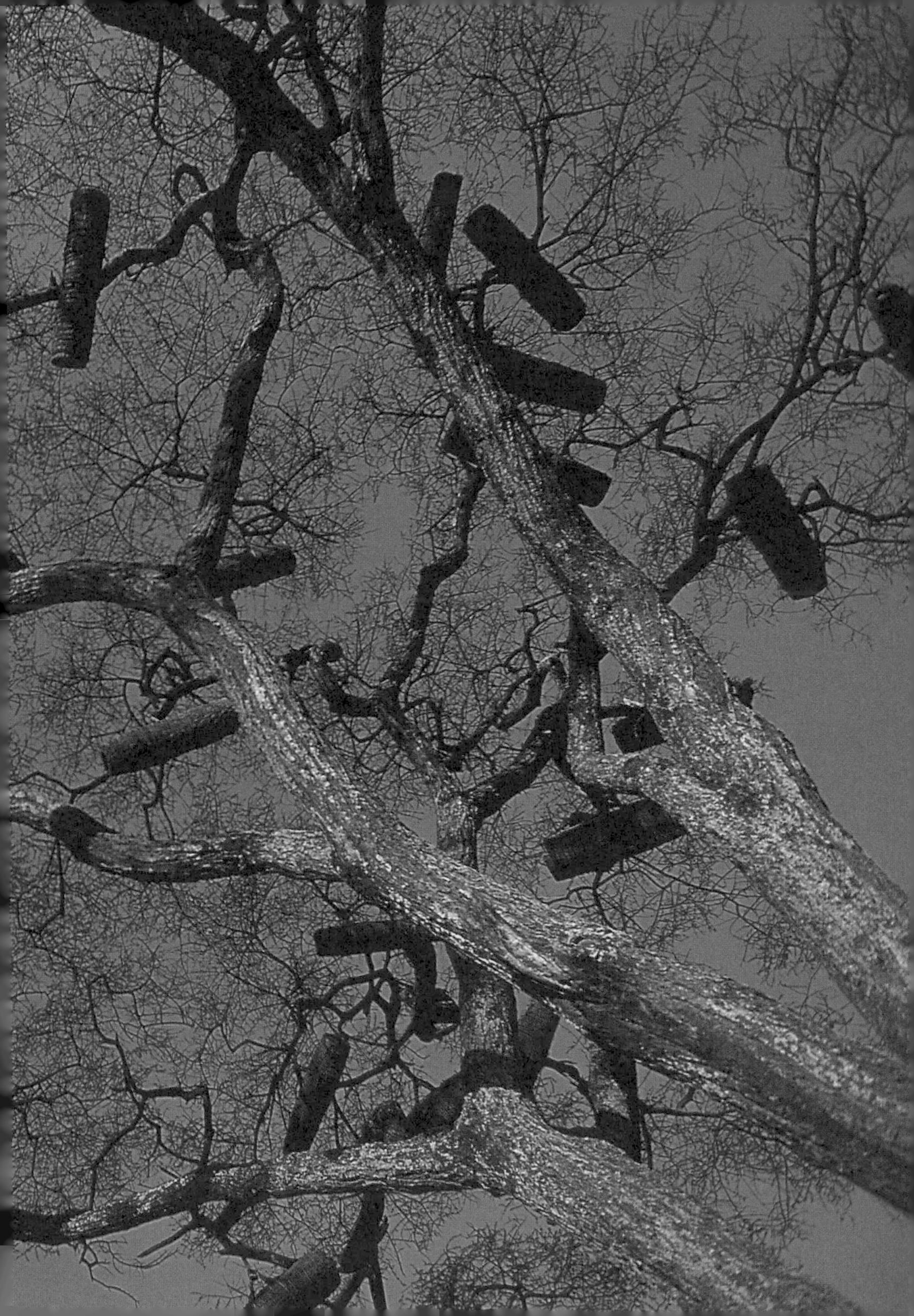

坐在「星巴克」舒服的椅子上喝拿鐵，而不是在非洲！正因為我們不在非洲，所以對這豐富的大陸，停留在所有負面的歷史印象中……

透過怡翠溫潤有情的文筆，她似乎還原了非洲應有的面貌，雖然那是一張五顏六色、時而猙獰時而美麗、樂觀歡顏中顯露憂傷的臉，但那畢竟不是西方白人在掠奪後的愁容，也不是黑人土著在種族隔離政策消失之後，燒殺搶奪的那一張凶狠的臉、或是貧苦病弱的饑民。怡翠出入非洲最高級的觀光遊樂場所，以及最接近奢華文明的「旁邊」角落，她的雙眼落在物質的天堂、也在最窮的人的地獄裡。每當她透過一首歌、一次旅遊、一頓菜飯、一部電影、一本書、一座塑像、一棵樹、一次氣候的轉變等等在地的事物做線頭談起，我在台灣的這一端，就隨著她給的線索路徑，也被拉到書中的現場，看到、聞到、感受到怡翠最終要抵達的書寫核心。

是痛，是痛的感覺，還有強大的愛，讓怡翠寫出了這樣一本書。我每次讀就益發感覺她的「愛非洲」，是一種血本清倉的大割捨，所以她寫到：「在漸暗的台北街頭，在急竄的車流聲中，我的腳步那麼短促，那麼激烈，我竟然有了正在流浪的感覺，我常在非洲產生一種家園般的認同感，如今，卻回到家裡流浪？」台灣的民粹運動讓怡翠感到不安，是因為她在非洲看到民粹如何被導向國家的分裂，這樣的氛圍使島國跟遙遠的非洲，彼此呼應著歷史上的命運？是誰在流浪？人，抑或國族？心痛，正是因為愛到極致的無奈而產生的變態流浪。我讀於此，也感受到

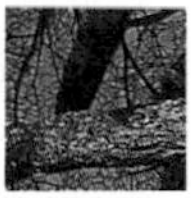

「愛台灣」的巨大扭曲正變形於每個呼喊此一口號的人身上……

不知怡翠的心痛，跟我的心痛，是否一樣的？

那麼就選擇可以讓自己心痛的地方，生活它、書寫它、紀錄它、感受它、記憶它，將它成為這一輩子的家鄉，而台灣已是你流浪的地圖。「人類是從非洲開始走出去的。」這句話彷彿又是一句預言，怡翠比我們都早一步回到地球上的母土，用那樣痛的愛擁抱了非洲。而我們卻以為那只是一種另類的好萊塢電影，天天上演著匪夷所思的劇情……

林怡翠已經用這本書拉近我們目視非洲的距離。期待有朝一日，我們都能看見預言歌曲中的黑鳥、白鳥，飛回棲止於那壯碩的樹梢上。相同的，台灣是否也有一個類似的預言，可以期待呢？

二〇〇七・十・十七　於三重

善詩善戰

自序

一

親愛的島嶼，妳還在等我嗎？仍然醒著，數天空那些謀略不足的星星？以致，全世界都已經知道了我們的祕密？

我們總是希望有更多愛人，但每一個愛人都像一個那樣忠誠。我們總是希望世界和平，卻痛恨那群守法的羊。渴望天使的降臨，卻不禁懷疑，天堂究竟存不存在。

親愛的島嶼，此時妳還在等我嗎？漁村的浪潮上，仍開著夏日的茉莉花。或者，那些採蚵的婦人，使得空氣中盡是黃昏那樣的腥味，以及堆積如山的蚵殼，一如棄置的青春？

於是，城市也以濡濕的雙眼等待著。現在人們習慣睡覺關燈，卻不互道晚安，用簡訊做愛，用一節重播新聞避孕？

這是我在非洲的第三年的第三個月，有時我會想，是不是因為我總是嚷著要完成同時降臨

開普敦可能是整個非洲最像歐洲的城市，你大可以躺在陽台的躺椅上，喝一瓶南非的城堡啤酒，或者你也可以在港口邊的購物中心裡閒逛，眺望各國的商船停泊和旗幟飛舞。

天堂和地獄的冒險，所以上天便把我送到非洲來了？

但我的確迷戀這個春天草綠時，有著驚人的氣勢，而秋天草枯時，一樣排山倒海的非洲大地。這裡並沒有使我變成驍勇的亞馬遜女戰士，但我知道，這大地之上，確實有著善詩善戰的歷史，和善戰善詩的民族。

這些年，我盡量不讓自己，把非洲視為貧窮、疾病、孤苦的可憐蟲，或者西方世界（甚至是我們）眼中，追求原始冒險滋味的想像商品，在繁複、豐沛的大地和文化面前，這是各個正努力用自己的方法站起來，用未來的希望贏得眾人尊敬的國度。

至少，在這麼多烽火、戰爭和強人獨裁的字眼之中，這麼多西方主流意識之中，我們可以暫時閉起批判或者同情的眼神，稍稍的向這些幸福、獨立的追求者致意。

你知道的，我不是那種容易信仰虔誠的人，除非愛和天使，靠近時沒有發出聲音，卻同時為我們撰寫一首腐蝕和重生的史詩。

二

C是一個英國男人，他的老婆D則是德國人，兩個人在波札那相遇，然後用一輛二十五年的福斯汽車，載著家當和一條老狗，橫越許多國家，到南端的賴索托落腳。

「我英國的朋友常問我，什麼時候回到歐洲，過正常的生活？」C說。

「難道你現在過得不正常嗎？」我問。

於是C開始告訴我，住在賴索托的種種「不正常」，例如出門散步必須帶著狗，不然可能遭搶，或者到肯德基吃飯，卻不肯多給你一張紙巾，原因是你點的是最便宜的套餐。

D說，可能是我住在南非，所以沒感覺，「南非比較像歐洲。」她說。但我也住過賴索托啊！我大聲抗議著，不過沒人理我，C和D還繼續在說其他「不正常」的生活經驗。

後來，我想起了我們到開普敦旅遊時，住進了一家大飯店。等我觀光回來，居然發現房間裡，我的行李全數消失了。我立刻衝到櫃檯質問服務人員，沒想到她們只是和顏悅色的告訴我，因為有別人要住這間房間，所以把我的東西取出來了，接著就從櫃檯，拖出我的行李箱，和胡亂裝在紙袋裡的東西。但後來我發現，她們換給我的房間變小了，也看不到桌山的景觀，我再次氣呼呼的問櫃檯人員：我幾個月前就訂好看得到景觀的房間了！她們有禮貌的向我道歉，並立刻承諾替我再換一間房間。

終於，我有了一間舒適的景觀房間了，但等我打開咖啡桌上，印著別人名字的歡迎信，才發現她們又收走了別人的行李，好把房間換給我。於是我一整個晚上，都忍不住擔心有人在我洗澡時，回到「他的」房間。

這算不算「不正常」的經驗？也許，在這裡，這才是正常的？這是一個與各種矛盾並存的國家，黑人與白人、富裕與貧窮、流行和原始，有著過去種族隔離，和被殖民歷史的痛苦，還有眼前西方經濟強國，和強勢文化的入侵，非洲每一天都努力著要變得更好，問題是，依照誰的標準變好？它在乎別人對它的評論（誰說我們只是暴動、戰爭、強姦和犯罪？）卻又害怕失去自己的本質。

我們究竟要一個現代化，快捷生活品質的非洲，還是一個善戰善詩，在大地上奔騰跳舞的部落的非洲？

全世界和非洲自己，都急著，卻回答不出這個問題。

但至少我知道眼前的，是「正常」、真誠，不造作的非洲。

三

龍山山脈附近有一個農場經營的民宿，為了消耗一個無聊的假期，我們在這個有湖有河的地方住了一夜。旅遊手冊上說，這附近有一個叫「蘑菇山」的地方，也就是一座山頂岩石，因為風雨侵蝕，變成了一棵蕈菇的形狀。

而旅館的牆上，也掛著一張照片，是一百年前這房子的主人，剛從歐洲移民過來的樣子，以及他的孫女爬上蘑菇山的黑白照片，一個穿著裙裝、戴著白帽子的小女孩，和另一個戴著圓頂帽、鄉村洋裝的少女。那時，山頂上還有一道橋一樣的岩石，連接著蘑菇山，只是如今已然崩塌斷裂了。

這是一個杳然遠去的時代。權力在人們手中更迭，那些甜美的、歐洲人的笑容，如今出現在她們已經成了非洲人，後代的臉龐上。不管你喜不喜歡，你總得彼此擁抱，彼此祝福，這是新的非洲，新的種族世紀。

我在另一個農場，遇見了一個中年人，他告訴我他是蘇格蘭人。「所以你從英國來的？」我問。「我是蘇格蘭人。」他很堅決的又說了一遍。

那一天回家後，我陷入了嚴重的自責，自責我狹隘的世界地圖。但同時，我又無端的，非常想念我的島嶼，我那個自戀的，卻說不清楚自己是誰的家鄉。

四

我那些在這裡住得更久的朋友常會說，以前種族隔離的時候，南非有多好，乾淨、守法、又有紀律。

但我很慶幸，我是現在在這裡。我可以看見混亂的歷史，造成了亂雜的、深沉的人文狀態，和那些文化、政治、音樂和戲劇。那些感傷的、欲念的、絕望的，和樂天的相遇與別離。

所以，我花了一些時間書寫關於歷史，歷史使我更能凝聽，這非洲大地擴張、起伏的胸膛。使我明白，這大地始終這樣，不疾不徐的呼吸著。

而愚昧的，和自以為聰明的，從來都是人類自己。

五

然而，我不能保證自己所保持著的，是一個人人滿意的姿勢。你知道，歷史原本就是令人迷惑的，太美麗或太醜陋的東西，都是不可靠的。

三年多來書寫非洲，使我對在這裡的生活，有了更多輕鬆以待的眼光。而不再那麼容易憂傷滿懷。歷史有時真的不能說明什麼，它比時間更愛說冗長的故事，也不比非洲的夕陽，更動人心魄。

我還是要感謝非洲，讓我在這麼複雜的地域，生活居然比過去的任何時候，都要簡單，物質上和精神上。

六

這幾年在異鄉，有許多長時間相處，或偶遇的朋友，我要謝謝你們。

特別是Ｅ，她常常成為書寫的對象，也是許多次遭遇困境時，第一個擁抱我的人，而且她常常引起我思想，能否每個人都開放心胸，接納不同族群文化的議題。

再來是Ｍ，身為一個生活伴侶，他遠比我想像中的更安靜，也更有忍耐力。他經常成為我書寫時，隱藏在「我們」這個詞之下的一個。但這的確為我們累積了不少深刻記憶。

還有，我長久以來的朋友。我最愛的島嶼，一個穿著禁欲主義的衣服，但日日夜夜高潮的島嶼，在有歷史和沒歷史間漂浮的，憂傷而亢奮的島。

和我所思念的……。

目錄

島嶼女生的非洲時光

卷一

在黑與光，絕離的剎那。

在黑與光，絕離的刹那，一些種族和部落被迫選擇了這樣卑微的姿勢，但他們並沒有徹底的失去意志，他們並不服從。

十七世紀開始，歐洲人的帝國主義統治了非洲，非洲的種族和部落便開始遭到隔絕、貶抑或奴役的日子。

一九四八年，馬蘭博士當選南非總統，展開了南非極端的種族隔離時代，黑人被迫遷移到貧困落後的「黑人家園」，並被迫攜帶便於管理，具羞辱意味的通行證，無論在車站、電影院、公共廁所、海灘等任何地方，黑人都遭到絕離。如此確保了白人能繼續享受黑人無止盡的勞力和服侍，卻又不必平等相待。

於是，流血和不流血的抗爭始終沒有停止。總有鬥士死了、老了，或者哭了。知名的曼德拉和他參加的政黨「非洲民族議會」，在幾十年裡不斷遭到壓迫，曼德拉受了二十七年孤島的監禁，卻還有更多人死於無聲。

一九九四年，曼德拉在第一次民主選舉裡，成爲第一位黑人總統。許多白人在那年哭喊著、頹喪著離開南非，南非已不再是他們心中以爲的那種天堂。

如今，白人或者黑人總需學著並肩坐著，一起工作、一起就學，甚至一起休閒。一起試著分享這個非洲國家裡，所有的黑暗，所有的光亮。

然而，種族的問題，就像歷史曾經痛哭了一場，眼淚蒸發了，痕跡卻還在臉上。

老黑

自由橘子

車行曠野。

我想起昨天夜裡的疾風暴雨，我從窗戶往外探，正好看見一道形狀完整的雷光，像是被從很遠的天空，用力地拋下來的。那時，世界顯得特別黑暗，那一聲的巨響，正是擊打在這一片古老而初秋的非洲草原上。

而所謂的非洲草原，其實就是太陽底下，遼闊無邊的乾土罷了，非但沒有看見什麼野生動物的追逐殺戮，反而是安靜得出奇。

荒野裡，最引起我注意的，是到處不規則堆疊的巨大岩石。這些寸草不生的石塊，竟就是當地人眼中的大山。據說更早之前，人們把罪犯帶到山頂上往下推，跌下來，死了就死了，活的，就放了。也許，在這樣的天險之地裡，人們早就已經學會，人類本身是沒有決定生、死的資格的。

就在我住的這個小鎮裡，每一戶白種和黃種人家，幾乎都有一個當地的黑傭，我那些說華文的鄰居，就把他們統稱為「老黑」。老黑，倒不全是又老又黑，有些是青春的女孩，她們總是一面拖地，一面嘻笑著歌唱，或替彼此編綁細捲的頭髮，在大熱天裡，仍在腰際圍著一條傳統花色的厚毯子。

我喜歡這個位在南部非洲的小地方，最主要的原因，是它從前有個「自由橘子」的名字。有人告訴我，那是因為在這裡，每到秋天，草原和樹木會漸漸乾枯，呈現出金、橘的色彩，那樣的景色固然吸引人，但真正使我流連忘返的，卻是將死去的草木，聯想成自由橘子的甜美樂觀。這會是「老黑」們，在大自然裡赤腳奔跑時，原始而純真的天賦，或是在人間的苦難中求存，不得已的坦蕩呢？

有一個台灣來的朋友說，他們家裡的老黑，晚上七點以後就不敢出門了。

為的只是在種族隔離的時代裡，天黑了以後，在路上行走的「老黑」，隨時可能被白種人舉槍殺死的恐懼。那個時候，對著一個老黑開槍，大概就跟對著一片夜晚開槍一樣簡單吧？

但是，種族隔離已經結束十年了，政府裡的大官幾乎都是黑人，朋友家的這個「老黑」卻仍然深深地以為自己在夜裡，是不可以出門的。

也許是因為這個故事，閱讀美國黑人女作家童妮．摩里森的《寵兒》時，我的心裡就是覺得特別的酸。寵兒是在兩歲時，被當黑奴的母親殺死的，因為，在命運的黑影下，寵兒的母親只有殺死她，才能徹底的保護她，從此遠離奴隸之路。

寵兒卻化作鬼魂回來了。

然而這個鬼魂並不是邪惡，也不是悲傷，「是含冤和寂寞的。」我想，也許那日夜跟隨，掌控著夜裡不敢出門的老黑的，正是那樣靈魅般的含冤和寂寞吧。

我想起，行經乾燥的平原時，偶然就會看見一株直挺高聳的樹木，它必定是用一點點的水源，才掙扎著生存下來的。

活著，原來可以看起來是那麼樣的蒼勁，卻也是那麼樣的孤獨。

而它身後那渾圓的夕陽，仍耀眼得像一顆新鮮的橘子一樣。

調色海洋

在去東海岸的港口城市德班之前，我就已經知道，它是曾殖民過這裡的歐洲人心目中的度假勝地之一。

沙灘上躺滿日光浴的比基尼女郎，衝浪的少年，飛馳而過的敞篷跑車和搖滾音樂。一群穿著祖魯族傳統服飾的原住民黑人，不斷地向在靡靡享樂之中的觀光客，兜售一段三百元的慶典歌舞。

夜裡，我們去了煙霧繚繞的酒吧，幾個年輕的白人女孩興奮地跑向我們，央求我們替她們把英文名字改寫成中文字，好讓她們的情人刺青在手臂上。看著幾個青春的男女談笑，大方的擁吻，我點了一杯在家鄉不怎麼愛喝的長島冰茶，偶爾望向眼前那片黑色，卻衝著白浪的大海，幾乎要忘了自己是身在非洲，忘了在烈日下攜家帶眷，徒步穿越過廣大的原野，到大都市裡尋找謀生機會的那幾張瘦弱而慌恐的黑臉。

我們在德班，住的是私人出租的度假小屋，幾間房間、客廳和廚房一應俱全。沒有外出時，我們就躺在房子主人細心布置的斑馬花紋沙發，或十足非洲格調的豹紋床單上，胡亂地看電視裡HBO播的那些好萊塢凶殺電影，喝可樂，吃一些冷掉的炸薯條。

我住的那間房間外面，就是一座大型的陽台，陽台正對著幾株椰子樹和波瀾的大海。有一天晚上，風浪特別地大，看海看得出神了，我竟有一種身在家鄉，眺望八斗子漁港的錯覺，我特別喜歡看一種抓小卷的船，一盞一盞光燦的水銀燈，在深夜裡，像是為大海別上一只只的水晶胸針。

剛要來非洲之前，許多朋友問我：「那裡的人，有沒有穿衣服啊？」

我們以為他們還穿著樹葉、茹毛飲血？

而遇見的第一個非洲男孩，卻是好奇的眼神炯炯發亮地問我：「中國人真的都像電影裡演的一樣，會功夫，還會飛來飛去嗎？」

海灘邊，一個販賣銀飾品的嬉皮女孩，和她的朋友們開著破舊的卡車，從這個城市，流浪到下一個城市，看起來很美式的七〇年代。但她卻微笑地問我從哪裡來。

「台灣。」我回答。

「台灣？」

「嗯，一個美麗的海洋島嶼。」

「像牙買加那樣的地方嗎？椰子樹、熱帶水果……」

我笑著搖了搖頭。

「那日本、中國、香港和台灣，它們不是同一個地方嗎？」

我再次搖了頭。看著她的熱情，我有多麼訝異，當我們凝視和揣想對方的家園時，竟有那麼多的曲解。她能明白，其實我的家鄉，和她的一樣，從殖民和族群爭執的難題中一路走來，在經濟強權文化的衝擊下，面臨著傳統和自我的飄浪嗎？

便利商店裡，一個純美的印度女孩，無意間的微笑，把我的時光笑進了恆河。但這的確是我們所身處的非洲世界，她的祖先是隨著英國的殖民，從遙遠的東方來到這裡的奴隸，是歷史擅自拼湊成了這塊黑、白、黃顏色四散的大地，海洋則任意的調色，並且造就了對立、悲傷、新生和自由。

以至於在這裡，同一條新聞，必須用各種不同的族群語言，輪流說上一次。

這使我想起了，歷史也曾經這樣拼湊了我的家鄉，我的島嶼。

黑人區裡的向日葵

從繁華的德班回來，無法避免的要經過坐落在曠野裡，一些所謂的黑人區。

它們就散落在草原的中間，用廢棄的木料隨意拼貼而成的房子，通常只有四面牆而已，運氣好一點的，可能還有一張塑膠布或什麼的，可以充當屋頂。有些用保利龍來修補破洞的人家，遇到大風，便刮得滿天是紛亂的人工白雪。

在這裡，我也遇過幾個黑人執政以後的政府官員，不像想像中那樣的西裝畢挺，反而是穿著花色鮮豔的夏威夷衫，腳上踩著的那一雙耐吉球鞋，足足要一般做工的平民一個月的收入。

小鎮和知名的大城市一樣，有著水藍色游泳池、變葉樹叢的豪華住宅都紛紛地掛出了「此地受保全系統保護」的告示，養起了凶惡狂吠的巨犬。在後種族隔離的時代裡，就算有黑人能坐擁財富和地位，但人們還是無法向街角那些戴著破帽子、對著路人揮手的「老黑」，投以親切的微

荒野裡，到處不規則堆疊的巨大岩石。
這些寸草不生的石塊，竟就是當地人眼中的大山。

笑。貧窮延伸成犯罪的問題，甚至形成了一種新型態的階級距離。

於是，旅行中總會有人再三告誡著，那些黑人區是不可以靠近的。好像只要我們把至今仍卡在黑暗面裡的那些人，用力往外一推，砰地關起門來，就能徹底而安全的保有我們的幸福。

他們卻仍舊在那裡，與困乏同居，在不滿和憤怒中孳生惡念和暴動，而愛滋病在深夜裡無盡的蔓延……。

我不禁地想追問起，眼前這廣袤的大地，是否也曾遺棄過任何的生命？或者，從乾涸之中，長出來和童話一樣，色彩斑斕的向日葵花園，究竟是憑靠著什麼樣的力量，才養育出光明的？

在啟程回到我的島嶼家鄉之前，到藝品店裡買了幾個黑木頭雕刻的人像，其中有削瘦的男人，但最特別的，還是有著一雙尖細乳房的女人，和大多數的原始部族中豐乳肥臀的母系性徵有很大的不同，但她們卻給我一種美麗的感覺，彷彿是在土地中勞動，最精壯而耐苦的身體。

而也許，這也是為什麼在電視上，看見一個貧民區裡的黑人小女孩，赤著腳，背著書包，笑著說，她對未來仍充滿希望時，會那麼使我們震撼。鏡頭停在她上學所經過的一條灰石子路上，風沙瀰漫，熱烈的陽光卻停在路的盡頭。

於是我們慶幸，在貧瘠和黑暗中，還有真正的向日葵。

然而，我對巫師的美麗幻想仍沒有消退。畢竟，在那個純真的，依附著大自然的時代裡，是巫師們從母親的身上，接產了可愛的生命，也是巫師們，送走了每一個死亡後的魂魄。

一大片高聳如森林的仙人掌幾乎占據了整個山壁，我從來不知道這種總給人孤傲感受的植物，竟也會這樣合群的蔓生。而它們所圍繞的，是一片冷清的墓園，就宛如一種護衛。

這是一個善於走路的民族，我早該知道的，畢竟，人類本來就是依靠著雙腳，從非洲這塊大陸，走路地遷徙到全世界的。

這些巴索圖的婦人，有著總能把什麼東西都頂在頭上行走的本領，直至今日，她們仍然把裝著蔬菜的籃子頂著，甚至是沉重的行李箱，或者林間砍下來的枝條都這樣頂著回家。

而也許，這也是為什麼在電視上，看見一個貧民區裡的黑人小女孩，赤著腳，背著書包，笑著說，她對未來仍充滿希望時，會那麼使我們震撼。

非洲女孩的頭髮多半是粗粗硬硬的，加上短短捲捲的，看上去就像刷鍋子用的鋼絲。當她們的服裝、鞋子和化妝都已經能跟得上西方國家的時髦流行，她們的擔憂便很自然地到頭上來了。

遠方的河口，聚集著成千上萬的紅鶴鳥，牠們像蔓延著火紅色的光，
鋪散在整個水面之上，使我站立在呼呼的風聲中，眺望並感動不已。

而所謂的非洲草原，其實就是太陽底下，遼闊無邊的乾土罷了，非但沒有看見什麼野生動物的追逐殺戮，反而是安靜的出奇。

无論是野獸的，或人類的地盤上，生死競擇的追逐，挨餓或飽足的機運遊戲，不都始終輪番演著？

他渴望戰鬥。部落裡的老人說，戰鬥才是男人的背骨、發亮的肩胛。

幾個線條簡單的男人，高舉手中的矛刀，追逐狩獵野鹿或羚羊，幾乎是遠古的敘事者最愛的主題，雖然是殘忍的廝殺，卻還是帶著歡樂，豐收慶典般的氣氛。

「然後什麼都沒有了。這些手指將不再書寫。請再給我一分鐘，我聽見廚房裡有動靜，當我走向死亡之前，請再給我一分鐘。再給我一千分鐘，因為我將永遠不會再回來。」

巫師之死

看守整個部落安危的男孩，站立在地勢最高的岩石上，驕傲的望向遠方。那代表他長得夠大了，通過了嚴酷的成年考驗，終於可以看一看敵人的樣子。

他拿起用鐵箱子做成的弦琴，演奏那種使人頓時垂老的音樂，樂音在谷地裡轉著，像冬天時寒風刷過枯葉的聲音。

成人的世界原來是這樣孤單的，他想。畢竟，戰鬥不是隨時出現的。他渴望戰鬥，部落裡的老人說，戰鬥才是男人的背骨、發亮的肩胛。

石洞裡，酋長和長老們正在議事，他們並肩坐著，然後捧起一碗酒輪流喝著，表示彼此關係的忠誠。那酒是用小黃豆製成的，酸酸澀澀的，像酒後的嘔吐。

彷彿誰說過，那是成人世界的威嚴和權力的味道。

一

我在一個叫巴索圖文化村的地方遇見了這個半熟男孩。與其說他像個英勇的獵人，他卻更像一個旅人。他的音樂使我想起童話中的吹笛人，把所有的孩童都帶走了的，應該是這樣祥和卻帶著憤世的歌曲吧。

他站在陡高處，第一個看見敵人，卻也第一個被敵人看見。

然而他卻不是真的。他只是在這個後種族隔離和後部落社會裡，一個需要工作，而不得不在文化村裡角色扮演的現代男孩。還有酋長、長老們，以及那個坐在茅草房屋前的石凳上，為人占卜的巫師，他們都不是真的。那種嚴肅和煞有其事的模擬，似乎有些可笑，但捧著殘存的文化記憶的精神，卻又是可敬的。

問題是，戰場早已不再，沒有誰再可以用長矛，刺穿敵人的胸膛。這個年代既不流行用血來廝殺，誰還會關心什麼英雄？誰用什麼手段贏得了勝利？

無論是男孩、老人，真的或假扮的，總都是孤獨的。

從文化村離開時，我忍不住推想剛剛受酋長之邀，而喝下的那一口酸啤酒，也許是巴索圖婦女將黃豆放在口中咀嚼，再吐出來使其發酵而成的，胃開始有些難受。

車子穿行過偌大的自然保育區，在高低起伏的人工道路上搖晃，周遭的草地和岩石炎熱得像要融出淚來。沒有任何一隻動物在這樣的午后出沒，這大地無邊，無聲息，竟像一座深遠而寂寥的枯城。

而這無伴無侶的古老文明，或許會到死都這樣安靜無語。

漸漸的，我的眼前被熾烈的陽光照成一大片的白，就像是從巫師手中幾個咚咚跌落的貝殼裡反射出來的。會不會那巫師其實是真的，就像男孩的音樂一樣，擁有進入人心的力量？

畢竟，這天氣啊，猛爆得像一句巫師的詛咒。

二

從此之後，我對巫師這種身分產生了一種浪漫的情懷，他們結合了傳統醫療、心理諮詢甚至是社會溝通的功能，在一個與自然共生卻危險的生活方式裡，代表了人類這一方與萬物進行角力時，最靈妙的兵法。

而他們更是代表著部落時代的舊情感，和殘存的溫度。

我住的小鎮裡，就有一個婦人以巫師的技能，開設草藥、靈療的醫館，她聲稱可以為人們去除衰運、帶來幸福和財富、驅趕惡疾、保持青春，甚至還可以求子，或者使男人的生殖器增大、使性愛時間增長。

巫師們幾乎包辦了人類的所有欲望和所有的希望。

然而，從二十世紀末到這個世紀初，整個南部非洲卻陷入了滅殺巫師的恐怖和瘋狂裡。

據說在二十世紀末的短短十年裡，至少有兩萬人背負著巫師的名字，

巴索圖文化村裡，假扮的巫師。曾經恐懼的人們獵殺巫師，
那是弱者們一種防衛的方式，使自己能遠離魔的權威，鬼的統治。

遭到激憤的群眾折磨至死。這些激進的青年開始成群結隊的指控他們的鄰居，或村子的老人使用巫術引來閃電，或者用咒語殺死他們的牛羊和嬰兒，人們把這些巫師嫌疑人，拖出來毆打、丟砸石塊、用刀子砍殺得支離破碎，或者放火燒死他們。

人們甚至發展出如何辨識巫師的方法，諸如眼睛的顏色、煮飯時炊煙的形狀，或者把老人的手塞進滾燙的熱油裡，試驗看看會不會出現魔鬼的痕跡。

這些對巫師所進行的可怕私刑，幾乎是中世紀歐洲黑暗時代的翻版，但卻發生在這個我們所生存的時代，這個我們所驕傲的，文明、高尚、優雅且注重質感的時代。

當然會有人說，那是因為非洲本來就是落後、野蠻和缺乏教育的。說這些話的人，多少還帶著些許慶幸，因為非洲距離我們是如此的遙遠。

然而，這個滅殺巫師的運動進行的時間，卻正好符合黑人民主運動發展的時程。第一個被檢舉為巫師，而遭到追殺的白人出現時，正好是一九九四年，曼德拉在全世界的喝采聲中當選南非總統，種族隔離時代正式宣告瓦解，美麗的新故鄉正在降臨。

（這就是我們人類自己，熱愛戰場和勝利的歡呼，卻恐懼敗亡的孤單。恐懼向來遠比愛，更牽扯更迷戀我們的演進史。）

因為對那個孤立和貶抑的年代充滿恐懼，如今，黑人終於有了自己的國家，再不要出賣靈魂、帶來詛咒的巫師或者白人，他們終於可以毫無顧忌地表達自己的仇恨和恐懼。

而仇恨和恐懼對他們而言，原是一種奢侈的特權。

滅殺巫師和民主投票一樣，竟只是弱者們一種防衛的方式，使自己能遠離魔的權威，鬼的統治。

於是，巫師死了。死的還有那個以血以肉搏鬥，無論生死卻還保存著正直胸懷的部落的時代。

三

恐懼幾乎主宰了全人類，貧窮、疾病和離棄全在惡神的眼睛底下，包括你我。

然而，當南非一個五個月大的小女嬰遭到強暴的新聞傳遍世界時，人們終於可以捏著鼻子，對遙遠的非洲所傳來的惡臭表示同情。不久後，另一個九個月大的女嬰，再度遭到六個成年男人的輪暴。

有社會學家說，強調男性英武的傳統社會，因為種族隔離而被摧毀，男人的勇氣和尊嚴遭到威脅，於是他們開始展開對女性的復仇，擎起勃然忿怒的性器官，如同擎起瞄準獵物的槍。

更有人說，那是因為他們迷信和處女性交，可以治癒他們一無所知，卻致命的愛滋病。而原來這些展現出主宰者和粗暴面目的男人，其實是哭泣著、發抖著或脆弱著怕死的。

僅存的巫師和巫醫們紛紛跳出來呼籲，靠少女救命的迷思毫無根據，然而，誰都知道，就算是巫師真的都死光了，暗黑的力量仍然無所不在，魔鬼和天使始終都同住在我們心裡，那個最虛弱，最不堪一擊的地方。
那是被遺棄者的，鼠臉的，對生命的貪戀。

四

然而，我對巫師的美麗幻想仍沒有消退。畢竟，在那個純真的，依附著大自然的時代裡，是巫師們從母親的身上，接產了可愛的生命，也是巫師們，送走了每一個死亡後的魂魄。

他們本來就應該比任何人，更懂得關於人類膜拜和恐懼的事。

在巴索圖文化村的出口處，最後一間的草屋，展示的是近代巴索圖人的住宅，除了床鋪、電爐這些現代化的用品，他們仍喜歡用強烈誇張的色彩來裝飾他們的家。在藍色畫著黃色花紋的外牆邊，坐著兩個抱著鼓和破風琴的歌者，唱著歡樂的歌曲歡送我們。

他們是原來站在岩石上那個看守少年，和為人占卜的巫師，我花了幾分鐘才辨認出來。

而他們的樂聲不再有一點點的悲傷了，而是手舞足蹈的開懷和歡慶。我忍不住再三的向他們揮手，他們擺著頭回應我，彷彿說了：所有的戰鬥，都有勝敗的時候，而無論勝敗也都有遺忘的時候。只有分離時，仍想著一首歡悅的歌，才能使我們真誠的面對自己的恐懼。

我想，巫師和他的時代，將始終存在於某個角落。

橡樹們的反殖民主義

凌晨兩點，夏夜的聖誕節，我往飯店房間的大片窗戶外望，幾隻七彩霓虹的麋鹿，正從這一盞路燈，無憂無慮地跳向另一盞路燈。

開普敦。到處是殖民的痕跡，我想。

荷蘭式的建築、葡萄牙航海家的雕像、英國移民者的教堂。然後是各種濃度的橄欖油、起士、紅酒，和迷迭香羊腿排。

但最使我再三思想的，卻是沿著大小街道排列的百年橡樹。據說，這些橡樹並非非洲當地的原生種，而是殖民者為了製作釀造葡萄酒的橡木桶，而刻意栽種的。它們的存在，其實是一種最容易被原諒，美麗且親和的大規模、暴力的占領。

然而，橡樹們在非洲集體改變了體質，再無法變成那些優雅的歐洲

大西洋和印度洋在好望角交會交融在一起，
也許，這是大自然的反殖民主義，它將教會我們和平共處的意義。

人，夢寐以求的木桶。那是因為它們終究決定要成為非洲這曠野文明的一部分，而不只是永遠的歐洲移民嗎？

反正，這些殖民者大概怎麼都料想不到，這些橡樹竟是他們帶來了登陸以來，最難應付的抗阻，畢竟，再勇敢的祖魯族戰士都會流血，而這些植物連淚都沒有。

結果是，他們還是要喝紅酒，卻不得不從遠方進口橡木桶。

或許，這些橡樹們想給勞師動眾地種樹的人，這樣清楚的告誡：你永遠不應該試著在非洲的土地上建造一個歐洲的城市，而把非洲撇得遠遠的。畢竟，你享用的，是這裡的水，這裡的風。

可惜，沒有人聽見。

也許是殖民者的潔癖，更或是他們必須用更強制的手段，來掩蓋自己在峻闊的大地前，心虛的臉。極端的種族主義在這裡施行，黑人們被迫遷離原來的居住地，集中到落後的區域，從此，失去了和白人一起行住坐臥的權利。

連上個廁所，都得標示種族身分，這種想法，常使我難過。這代表著勝者的聲張，還是敗者的降服？

我曾在飛機上的雜誌裡讀過一篇文章，一個跟隨曼德拉展開第一次不分種族總統大選的黑人說，這幾十年來的努力，所追求的其實只是能和白人一起並肩坐著看電影，一起排隊買爆米花和可樂的自由，那麼簡單的夢想而已。

有些人喜歡把開普敦稱為兩洋城市，那是因為大西洋和印度洋在這裡交會在一起，也因為這兩個擁有截然不同溫度、色澤、特性和生物的海洋，才造就出這個奇特的港灣。

或許，這就是大自然的反殖民主義。

而我相信有一天，不同族群、性別交融在一起的和平世界，也會在橡木們疏落的葉影間，濾出來。

美麗而殘忍的

一

開普敦是我們在非洲，第一個前去旅遊的地方。而開普敦，也是那種美麗得使人不忍去思考她的歷史問題的地方。然而，還有多少人真的在乎歷史的問題？歷史始終都是問題，而不是答案。你知道的，誰也阻止不了歷史，而歷史也阻止不了誰。

但不可否認的，開普敦可能是整個非洲最像歐洲的城市，歐洲人從這裡登陸非洲，帶來了他們的飲食、建築、宗教和紅酒。在開普敦，許多私人或出租的度假別墅，都有屬於自己的一小片海灘，你大可躺在陽台的躺椅上，喝一瓶南非的城堡啤酒，海鷗在你身邊繞著，海岸的岩石縫裡，退潮後躲著小小的螃蟹或海星。

或者你也可以在港口邊的購物中心裡閒逛，眺望各國的商船停泊和旗幟飛舞。我也去了東印度花園，這是荷蘭殖民者為了在非洲生產物資所開設的公司，所開拓的享樂的後花園。

在那裡，幾個黑人年輕男女，悠閒地躺在草地上笑鬧著，他們應該覺得快樂的，因為在這樣的烈日下，他們無須再像他們的奴隸祖先一樣，戴著鎖鏈，勞動於玉米田，而是喝著可樂，野餐於歐洲白人的草皮之上。

在開普敦市中心的車水馬龍裡，有一個銅綠色的雕像，有人告訴我們，他是第一個「發現」開普敦這塊陸地的葡萄牙人，狄亞士。十五世紀歐洲，勇敢而悲壯的航海家，用多少潮濕的日子才完成他尊貴的王，艱困的使命？

我對「發現」這個字眼琢磨再三，除非這塊土地從來就不存在任何人，不然，我們如何去「發現」一個原屬於他人的地方？狄亞士和他龐大的船隊應只是單純的「登陸」，或極具政治複雜性的「占領」。但顯然，

在開普敦市中心，「發現」開普敦的葡萄牙航海家狄亞士的雕像。
他曾經是人們心中的英雄，卻也是一名殖民者。

這群歐洲人從不認為這片美麗的大地，是屬於那些散亂、黑瘦的原住民。「發現」這個詞，始終被說得既文雅，又充滿傳奇。

幾百年後，剛從孤島上被釋放的曼德拉，在距離狄亞士銅像不遠的市政建築上，對著那些擁護他，為他狂熱的人民，發表了動人的演說，說，這片土地和國家應是屬於黑人的，群眾們發瘋般的尖叫哭喊。狄亞士聽見了嗎？

帝國。殖民。歷史。你或許不想要，但開普敦，真的很難脫離這些字眼。

二

後來我們去了開普敦一個叫Stellenbosch的地方，這個地方在歷史上，以大學、酒莊和奴隸買賣聞名。

當時的奴隸交易熱絡，歐洲商人將非洲黑奴運往歐洲，或者在非洲內部，將黑奴公開拍賣給歐洲的白人移民。這些奴隸們在廣場的樹下，像一頭豬或羊一樣，被公開的展示，檢查身體和牙齒，也許在有了買主的將來，他們還會被帶回這裡，被鞭打或者接受其他處罰。

有一張現存十九世紀的雕刻版畫，內容是幾個黑奴被鐵鍊鎖在棚架下等待的畫面，他們的手腳也被木枷鎖著。

他們像是動物一樣在原野間，被獵人的槍枝捕獲，然後被買賣、被運送、被奴役。是他們的苦力建築了這個城市，在古老而美麗的城鎮背後，其實隱藏著殘忍的人性。

他們被綑綁著，等著被販賣時，心裡想著什麼？想著打獵時追逐一隻地鼠？想著在火焰邊與羚羊共舞？還是某個女孩的紅潮？或者，他們什麼都不想了。

我想起了多年前，閱讀沙特《嘔吐》時的感受。人在最絕望最悲傷時，是不流淚的，而是嘔吐。因為感情死了，但身體還活著，但身體不會傷心，只會抽搐著，然後不知不覺的嘔吐。

但是我想，這些被囚的奴隸們連嘔吐也不會了，因為從這一刻起，他們連身體也都不屬於自己了。

歷史學家說：被處死的奴隸屍體，會被倒吊在廣場，直到腐爛發臭，用以恫嚇其他奴隸，使他們畏懼、服從。所以，這些奴隸的身體，一直到死了，還是統治者的玩物。

三

我們到Stellenbosch這家酒莊的那個上午，正好是他們的節慶活動，到處搭建起了白色的帳棚，裡裡外外都擠滿了遊客。我們也挑選了幾瓶紅酒，不管歷史是怎樣爛醉如泥，我想我還是很難拒絕好酒的滋味。

帳外，一群穿著傳統服飾的青年男女，敲擊身上的鼓，唱起跳起了屬於他們的歡慶的歌。我跟著人群圍繞著他們，心中產生了一種奇妙的感受，這個百年的酒廠，曾是這些青年的祖先，勞動受苦的地方，那些給人迷幻幸福的酒的甜漿，其實是奴隸的血淚。

但現在，他們的子孫在這個種植葡萄的土地上，狂歡唱喝。然而，那卻可能只是因為酒莊的白人老闆，需要多一點的非洲風格來吸引遊客罷了。

一個非洲女孩笑咪咪向我走來，並用她手中碗裡的顏料，在我臉上畫上整排白色紅色的小點，圍繞過我的額頭、眼下、鼻梁，直到下巴，這是他們部落傳統的妝。

離開Stellenbosch以後，我們直接上了桌山，因為開普敦的桌山有時濃霧密布，就像一張桌布從山上鋪蓋下來，有些人等了好多天，都等不到雲霧散開。那天我們趁著天晴，趕快上了山。

要爬上一千多公尺的桌山並不容易，我們搭乘的是先進的纜車，這個球體的纜車能夠三百六十度旋轉，使每個遊客，清楚的看見桌山的每個面向，而且只要幾分鐘就抵達山頂。

桌山上一片平坦，卻有著令人震撼的高原景象，巨岩和靠著極少石縫中的沙土就能生存的乾旱植物。

開普敦充滿異國風情的港口，幾乎使人忘了自己身在非洲。
但這美麗的景色背後，卻充滿了許多歷史的悲傷。

後來，我在山上，向一個陌生的印度女子，誇獎她額心閃耀的紅色亮片，她笑著回應，「妳的也不錯啊。」我才赫然想起，酒莊裡那女孩的妝還畫在我的臉上，尚未洗褪。

就這樣，我坐在開普敦最高的山頂上，不算小的酒吧裡，啜著名為「性感女郎」，攪和著草莓的雞尾酒，望向大片窗戶外，占滿了視線的海洋。就算利用文明科技，挑戰了這座山岳，我總也還是有著一種荒涼孤寂的感覺。

恐怕是臉上這妝，似乎是背負著歷史，而莫名沉重的關係吧！

四

當然，我們也和其他遊客一樣，去了非洲陸地最南端的好望角。狄亞士就是從這裡開始「發現」南非大陸的。起先，他因為遇上暴風雨，而把它取名為暴風角，後來才被他的王，更名為好望角。

也許，對歐洲的那些王朝來說，「發現」開普敦的確是美好希望的開始，但對於非洲，這何嘗不是一場迷亂的風暴呢？

許多遊客輪番在標示了好望角經緯度，和座標位置的牌子前拍照留念，我也不例外，那時，海浪劇烈的擊拍在岩岸上，強烈的海風拉扯著每一個人，甚至還下起了濕冷的雨。

我想起了我媽，和我爸前一次來旅行時，回來告訴我們的老笑話：「我跟著你爸，到了天涯海角了。」我們登上了高高的燈塔，眺望好望角這塊尖尖的陸地，延伸到海裡面，的確有了種天涯海角的感覺。

然而，天涯海角不僅只是盡頭，還是開始，代表著欲望的延伸。愛人們渴望愛情的延伸，而帝國則渴望領土和權力的延伸。

之後的某一天，我們到了叫奈斯納的城鎮，那時快黃昏了，金黃的天空和樹影映在湖泊之上，四周安靜得沒有任何聲響。

我們坐在一家養殖生蠔的農家，點了幾顆新鮮巨大的生蠔。我拿起檸檬片，擠了幾滴在蠔肉上，看著牠微微地顫抖著，便證明了這的確是活著的，生的美味。也許，這即是開普敦的真實面目，美好的滋味，竟少不了這殘忍的試煉？

突然間，我很想，舉起手中的生啤酒，跟狄亞士乾一杯。

我們不在盧安達

一

我們不在盧安達。

就算我們也曾經牙痛、胃痛，或者因為過多的阿斯匹靈而產生抗藥性；就算我們也曾經見過，死亡無聲的靠近，並輕易折斷我們身邊一棵強健的椰子樹；就算看電影《盧安達飯店》我們也痛哭失聲，但我們終究不在盧安達，直至今日，我們連傷心的資格都沒有。

電影裡，一個紅十字會救援的白人女子，企圖從屠殺者的手中搶救一些孩子。一個小女孩背著她的妹妹，跑過去抱住白人女子的大腿，哭著求她：妳叫他們不要殺我們，我發誓我以後再也不做「圖西」人了。

盧安達裡的胡圖人和圖西人，因為種族的不同而互相仇恨。一九九四年，聯合國維和部隊到達盧安達，見證胡圖人總統與圖西簽訂和平協議，雙方決定以和平代替紛爭，但在和平協議後不久，胡圖總統卻因為飛機失事死了，胡圖族的激進分子藉機渲染與圖西部族之間的衝突，開始展開瘋狂的大屠殺。短短幾個月內，他們砍殺了將近一百萬的異族人民。

剛開始是因為仇恨，那種不注意時根本不覺得痛的，皮開肉綻的歷史仇恨。但漸漸的卻因為殺人、殺人、殺人的連續動作，變成了一種集體的狂歡派對。

（在派對中，你可以任意的嘔吐，用臭嘴親吻陌生人，甚至毆打無辜的路人，就算你天生是個懦夫，也可以在這種氣氛裡為所欲為。）

或者，滅絕對方的種族，變成了一種類似於強迫症的潔癖，始終都覺得那裡還有一些看不見的黑，得用盡全力把它清除乾淨。所以他們開始強姦婦女（使他那「純潔」的種族，懷上我們髒污著血手的，憤怒的孩子，使他再不能假裝聖徒。）甚至他們殺滅兒童。

「我發誓我以後再也不做『圖西』人了。」女孩哭著求著。可憐的孩子啊，妳不懂，作為一個圖西人不是一種罪愆。有罪的是，那些「光復」種族力量的使者，面對著一堆兒童屍體時，居然感到性欲高漲。

二

《盧安達飯店》裡的主角保羅，是一家比利時四星級大飯店的經理，他是胡圖族人，而妻子卻是圖西族。為了在暴動和狂熱的殺戮中，拯救他的家人，和妻子的親友鄰居，漸漸的運用他所管理的飯店和勇氣，拯救了一千多個圖西人免遭殺害。

因為受困於飯店之中，食物漸漸缺乏，收容的人卻越來越多，保羅不得不冒險，在夜裡深入胡圖民兵首領的營地去購買食物。清晨深霧，他開車行經河邊小路，車子卻被什麼東西卡住輪子，下車查看時，他卻跌倒在無數的屍體之中。一個小女孩死時，雙手抱著自己的頭顱。

群生的仙人掌，就像護衛般的，守著古老教堂的墓地裡，
那些遠離家鄉以尋找新的家園的教士們。

溪水潺潺，和私欲、暴力的濕。

「多得數不清……。」

「但是，為什麼？」

「不知道，也許是仇恨吧！」保羅說。

但是，胡圖人、圖西人為什麼要相互仇恨呢？他們不是彼此分享著同一塊大地、同一片天空，和同一個國家嗎？

從比利時的殖民時代開始，歐洲人就偏愛皮膚較為淺色，鼻子較為高挺，人數卻較少的圖西人，並利用圖西人管理、壓迫占人口多數的胡圖人。對胡圖人來說，圖西人根本就是歐洲人的幫凶。於是當胡圖人主政時，他們便反過來壓制圖西人，不滿這種歧視待遇的圖西人，開始組成叛軍進行游擊攻擊。

於是，當兩族之間的屠殺發生時，全世界的人都可以說，你看！又是那個野蠻、愚昧且動亂的非洲。然而，這黏稠，獸牙上垂滴著的仇恨，卻是來自優雅的歐洲人，刻意的分化。

後來，聯合國的維和部隊帶著所有的歐洲白人撤退了，留下了所有的盧安達人，在這個帶著死亡臭味的戰場上，繼續著原來的殺伐。聯合國不再理會保羅的大飯店了，當它幾乎被胡圖人攻破時，他打電話向比利時的老闆求援，並請求他去找法國人，因為法國人是胡圖民兵的背後支持者。

而電影一開始，民兵首領從一箱跌落的開山刀中，拾起一把：「中國來的便宜貨，一把只要十分錢法郎。」然後，有無數人的腦袋，被這廉價品砍落。

盧安達人被世界賤棄了，但卻仍是那些經濟強國手中的玩物。

你是塵土。西方國家，那些強者，視你們如草芥，如灰塵。就算聰明如你，得以管理這一家四星級的國際大飯店，但你卻仍然只是一個黑鬼。你甚至不是美國的黑人，而是非洲黑人。所以，在他們眼中，你們只能是塵土。

聯合國的部隊撤離飯店前，那個上校如此告訴保羅。

那個西方記者說得沒錯，當人們看著新聞上播出這些殺戮的畫面時，人們只會說，喔！這真可怕。然後繼續吃著他們的晚餐。

（人們會為了上菜太慢，或者牛排不是你要的三分熟而怒罵服務生，但非洲的戰火又怎樣，死的只是一些對這個物質世界而言，被認為過剩的黑人罷了。）

保羅讓每一個躲避在飯店裡的盧安達人團結起來，因為沒有人會幫助他們了。但他仍然每天維持西裝畢挺和服務態度，「這是大飯店，不是難民營。」他說。因為人們多少還介意大飯店裡有錢的房客，卻沒有人在意難民。

保羅是一個真實的人物，和真實的事蹟。他和他的家人總算從大屠殺中生存下來了，現在安住在比利時。我喜歡這個消息，並真心的向他致意。但我也忍不住後悔，寫了那麼多關於盧安達的事。

因為，我們不在盧安達。

旁邊

你一定會喜歡一九七六年的。

「因為那是妳誕生的年分。」我知道你會這麼說的。你一定也還記得我曾說過一九七六年，也就是我出生的時候，醫院裡代表小女生的粉紅衣服用完了，護士替我穿上代表男孩的黃衣服的這件事。後來，我被當成小男生和別人的孩子錯換了，我媽找到我時，我已經被男孩母親的乳汁餵過了，陷入沉沉的睡。

也許是因為這樣，我的性格裡總有十分之一是像男人的，一樣的爭強，一樣的習慣於背叛。

但是，一九七六年本來就是屬於叛逆的年代。南非黑人區索威托的青少年在這一年走上街頭，反對政府強制學校以南非文和英文教學，幾個拒絕授課的教師遭到開除，不願因為語言弱勢，而再度被邊緣化的學生終於爆發憤怒，開始聚集、抗爭。十二歲的賀克特・彼得森被警察的子彈打中，瀕死之時的樣子，被報社記者的攝影機拍下來，另一個青年把這個孩子抱在懷裡，旁邊哭嚎著的是他的姐姐。

一個從來不被任何人認識的孩子，死在一張照片裡，他仰躺著的臉難以使人辨讀，但卻傳播震撼了全世界。和彼得森在同一天裡死去的，還有其他的五百個孩子，是他們用臥倒時的無聲，驚醒了所有的人。

索威托位在南非最大商業中心約翰尼斯堡的旁邊，一百年來，收納大都市裡低階的勞工，特別是礦場裡的廉價工人。種族隔離時代更成為白人統治者，「堆放」他們不喜歡的黑人最便利的區域。誰會想到，一個一開始就屬於「旁邊」的地方，會突然站起來，推倒了權力中心。

那是一九七六年，你喜歡它是因為我的出生，我喜歡它，卻是因為一場死亡。

而生和死、順服和反抗，真的或假的虔誠，從來就不能脫離最終的沉默。

你總是沉默的，在旁邊。

我說，我想去索威托看看，因為一九七六年。人們為陌生的賀克特·彼得森建立了紀念碑和博物館，雖然大家不斷的爭議，另一個十五歲的孩子可能死得更早些，但孩子們的魂魄根本不會在乎，究竟是誰比較英雄一點，那是大人的事。男孩們貫穿子彈的身體，只是這個喧吵的時代，最平靜的導覽圖吧。

還有，索威托教養了曼德拉，和其他的政治鬥士（雖然他們現在多半醜聞纏身），他們的故居是開放參觀的。我還想去看看黑人模樣的聖母像……。

後來，我有機會去了很多趟約翰尼斯堡，卻總沒有機會靠近就在旁邊的索威托。人們總會告誡你索威托的惡名，諸如那裡一天內發生多少謀殺案，某某人在裡面遭人綁架，差點丟了命，就連美國一群懷抱美麗遠景，到非洲尋根的黑人，都被集體搶劫了。路邊的警察也會提醒你，萬一誤闖了索威托，遇到紅燈千萬別真的停下來。

非洲貧民的房子經常是廢料建成的，
生鏽的鐵片，和用大石頭壓著的屋頂。

我夢想中的民主聖地原來是個山寨？

或者它原來就不止居住在奢華的大城市：賭場、劇院、搖滾樂團和足球酒吧的旁邊。同時也在貧窮、鬥狠、幫派和暴躁的旁邊？

於是，當我意外地從索威托旁邊疾馳而過時，密密麻麻的方形房子，互相緊緊依靠著，連綿好幾公里，我忍不住驚呼出來。據統計索威托擁有好幾百萬的人口，竟然是這樣擁擠在一起的，當年白人政府有能力強制遷移他們，卻無法阻止他們長出強韌的根來。

長年的孤立，使他們形成了自我，有自己的貧病與興盛，樂天與暴動，友愛與尋仇。是我們和身後的大都市與它格格不入，所以始終站在它的外面，它的旁邊。

索威托和所有我們熟悉的黑人區一樣，總有幾戶成功了的富裕人家，興建了花園住宅，純白的軟枝薔薇從紅磚牆裡探出來。旁邊卻還是狹小的鐵皮小屋，上頭還胡亂塗了鴉，幾個孩子在渾濁的泥巴地上，赤腳追逐一顆足球（但有時他們踢的卻只是一個空罐子）。

我想，至少賀克特．彼得森會高興的，如今索威托的特異獨行幾乎變成了一種流行的象徵，叛逆的精神。藝術家用鐵皮拼貼出凌亂的房子和招牌，設計師或作家都喜歡標示自己來自索威托，或者非常「索威托」。我甚至看見一輛黑人巴士（就是那種九人座廂型車，卻總是擠進二十多個人的交通工具），它上面貼著鮮紅的標語：貧窮就是力量。

但誰曉得呢？賀克特．彼得森還是個孩子，過了三十年後仍是，維持他面對拳頭、石頭和槍枝時純真的孩子氣。只是，他的童年記憶裡沒有卡通台和教育頻道，卻至少學會了，吟唱詩歌並不能趕退任何鐵血的臉孔。

我想起了柯慈的小說裡寫的：「南非的子民。偉大的和渺小的。」

我試著對你說我和索威托的相遇，說，偉大的和渺小的，無論是他們互愛或憤恨，都不可避免的要站在彼此身邊。這是我們的非洲，我是跟著你一起到這裡流蕩的，以前，我以為使我放棄一切的，是動人的愛情，如今我才知道，我在這裡，其實是為了那麼理所當然，迷惑卻可愛的人類的生命。

此時，我不想再討論愛情了，愛情這個字眼過於庸俗，且過於軟弱，像鮭魚夾心的三明治，油脂豐富。你和我、我們和非洲的關係，僅是在「旁邊」而已，你知道的，「旁邊」有時是不可侵犯的距離，有時卻是一種並肩。

有一次，我們從旅行中回來，遠空的星星，純白得就像一朵在我們的島嶼上盛開，在非洲也同樣芬芳的梔子花，而它們竟然就像是停在草原之上，停在我們的旁邊……。

旁邊也可以是一種力量，你我、索威托和大地。

寂靜的吊刑台

一

「嚴格來說，世界上的每一個人，都是非洲人。」

二

我原本要去的，是一個叫「黃金礦城」的遊樂場，在約翰尼斯堡的郊區，原先是人們挖掘金礦，如今卻被改建成賭場，和遊樂園的地方。

在這個主題遊樂區裡，你可以以非常觀光客的方式，參與地底挖礦的

非洲傳統舞蹈。人們用隨手可得的材質，
裝飾自己的肉體，使身體成為音樂和節奏的來源。

探險行程，觀賞礦工的歌舞表演，還有海盜船、摩天輪和快速俯衝旋轉的大蟒蛇，讓人興奮、驚叫連連。

後來不知為什麼，我卻先進了「黃金礦城」對面的一棟「種族隔離紀念館」，相較於孩子們歡樂的舔著冰淇淋，飄著彩色氣球的遊樂區，這個紀念館無疑是寂寞的，靜靜的立在某個角落裡。

在真正進入它的建築物之前，我沿著指示牌，走到了一個平台，從這裡的高度望去，整個約翰尼斯堡都在視線裡，繁華的、落魄的、縱欲的和廢墟似的歷史和現在，全都在這個非洲的黃金城市裡。

我想起了剛剛走進來的牆壁上，掛著原始部落閃族人，和他們的手工用具發明，然後是鐵鑄的牌子：「嚴格來說，世界上的每一個人，都是非洲人。」

而階梯上立著許多不同族群人們的背影，當你靠近他們，才發現那是一面鏡子，你會在不同種族、性別和年齡的身體裡，看見你自己的臉孔。

我似乎聽見了很多雜沓的腳步聲，遠遠近近的，然而，我知道，這棟建築物和整個非洲一樣，始終都寂寞的站著，在某個角落裡。

三

紀念館掛著「白種人」或「有色人種」的兩個入口，我沒有想太久，便選擇了「有色人種」的那個通道，我說不清楚這時的感覺是屈辱的，或是驕傲的，但我可以確定，當你被逼著選擇承認一種身分，那種感覺是煎熬的。

但「白種人」或「有色人種」的入口，其實也決定了一個人，命運的走向。從「有色人種」這裡進來，你所能看見的，全是監獄的鐵籠鐵網，和一張張的通行證，上面蓋著「此土著並非國家公民」的，歧視的章。

從紀念館裡的舊照片上，我們看見了在那個時代裡，無論是到公共廁所、沙灘，或者火車站，你總得像剛剛那樣，在「白種人」或「有色人種」的牌子前站一下，重新回顧你自己如何被降生，如何被劃分，如何被掌聲歡迎，或者遭到鄙棄。你沒有犯錯，你是有色人種，但你有罪。

有一張照片裡，歐洲移民的白人家族正坐在沙灘的躺椅上，享受非洲美妙的陽光，小女孩穿著可愛的蓬蓬裙，戴著花帽。

另一張照片，卻是黃金礦坑裡的廉價黑工，全身赤裸著，接受管理者的檢查，他們舉高雙手，背對著，像牲口一般。以及，一個黑人礦工用攤開的《聖經》遮著臉，躺在地板上午寐，旁邊寫著一行字：「歐洲人來以前，我們沒有上帝，但他們來了以後，我們除了上帝，什麼也沒有了。」

而最令我震撼的照片，卻是一九七六年索威托學生遊行，並引起官方血的鎮壓時，留下許多珍貴紀錄照片的黑人記者，一幅巨大的人物照，那是他自己，鼻梁上一道又黑又粗的傷疤，那是為了不願交出這些底片，被警察毆打的痕跡。

那道傷疤就像是在美麗、平坦的草原裡，挖掘出一條戰壕，不只挖在他的臉上，也挖在整個時代的臉上。人們本來可以側身擠進這個歷史的傷裡，以卑微求生的，而如今壕溝外面，盡是用報紙蓋著，剛剛還溫著的，被槍殺的村人。

尊嚴的，「有色人種」的屍體。

四

紀念館裡，有一個透明玻璃的展覽室，天花板上垂吊著上百個吊刑台的繩索。每一個吊頸的繩索，都代表著在種族隔離的抗爭運動裡，遭到絞刑的生命。

第一個被介紹的是反對種族隔離的白人青年運動者，他有著古巴的革命者格瓦拉的那種長髮和鬍鬚，就像從叢林的游擊戰鬥中歸來的眼神。因為相信另一個面向的真理，他被從白種人的血統中驅逐，最後變成一名死囚。

接著是史蒂芬．畢果（Steve Biko）的巨幅照片，曾經是醫學院學生的史蒂芬．畢果，最終選擇了一條簡短卻精悍的濟世之途，他成為黑人覺醒運動的領導者，三十歲被捕，在監獄中遭到凌虐致死。

不知道為什麼，我看著畢果照片裡，短髮短髭，銳利的受難者的眼睛，我總覺得這是一個注定要這樣死去的男人，一個注定要在人群中挺立著，直到某一刻突然倒下，徹底崩解的男人。

在他的照片下，一張玻璃框著的舊報紙吸引了我，那是一九七六年刊出畢果所寫的一篇激勵人心的文章，而那一天，正好是我出生的日子。那時，我在柔軟的被子裡安心睡著，遠方的非洲卻有一個人宣告了，用死亡換取永恆的生之自由。

一年後，史蒂芬・畢果被逮捕，在普利托利亞監獄裡遭受電擊拷問，他們把他丟置在狹小的反省室裡，被發現時，他赤身裸體的昏迷在自己的屎尿堆中。

一個反叛分子死了，當然不會有人因此吃上官司，但是他們以為自己成功剝奪了畢果肉身的尊嚴，使他以這種沒辱人格的方式死去，但他們沒發現，當你毀敗了一個肉體，卻會使他肉體以外的東西，更加晶瑩、純粹。

在那些駭人的吊刑台後面，有一間小小的房間，僅能供一個人曲身，沒有窗戶，沒有任何其他的東西，這便是畢果受虐死去的反省室，我探頭望了這房間一眼，卻又立即感到全身發冷，而急忙退出。那些吊人的繩索仍在空中動也不動的下垂著，一個徹底的隔離、孤絕和寂靜的世界……。

我忙著回到人們呼吸著，活著的世界。想著，史蒂芬．畢果的靈魂是否仍眷迷著這個國家？我想起他額上那些流浪者的傷疤。想著，再沒有誰，可以用疼痛或孤獨，使他受屈辱。

五

從紀念館走出來的時候，我居然有了從長期監禁中釋放的感覺。不遠處的遊樂區裡，傳來遊客們因為驚險的遊樂設施而發出陣陣的尖叫聲。我覺得心驚，因為這紀念館始終都如同一個，記錄著傷痛的歷史的黑盒子，悶著不發出任何聲音（史蒂芬．畢果沉默的死了），而這個太平的日子，人們卻花錢，把自己送上恐懼的高度，好在瞬間滑落時，發出激動的叫聲。

（我想起那吊刑台，腳下的木板突然挪開，沉重的身體往下掉落，周圍是寂靜的，掛在那裡的軀體也漸漸變得輕飄飄的。）

我也有了大聲尖叫的感覺，卻發不出聲音，我決定到遊樂區去排隊買票，至少不需要思考自己究竟該排在「白種人」或「有色人種」的入口。

我轉身離開那棟寂冷的紀念館，突然發現，它告訴我的，其實不只是一段悲傷的抗爭的歷史，勇敢的冒險的生命。而是對所有人類來說，都無法孤立割離的，求生和死亡，絕望和希望。

有些事，從來就沒有區別的入口。

曼德拉太太

一

我看著妳修長、豐潤的手指，掀開一張塔羅牌，「妳是屬於教皇、教皇的那種人。」妳說了兩次教皇，好像我擁有怎樣至高無上權力似的，但妳知道的，我們兩個之間，妳總是我的主宰。

「我是教皇，那妳是什麼？」妳沒回答我的問題。

妳總是那樣，赤裸裸的攤開全部一切，卻依舊散發著神祕的氣息，一如我們遠古的靈魂的先祖，我們的女神。並像女神那樣，同時擁有如蜜如脂的聲音，和狂暴的愛欲。妳裸著游泳時，把我隔拒在月光之外，那時，我還過於生澀，太過相信純真與潔白的美麗意義，太容易陶醉，也生活得太過透明。

但過不久，妳便回頭喚我了。雖然一直到離開妳很多年，我還不明白，我究竟跟上去了沒有。

據說，這世界上的第一個祭司和第一個詩人，都是女人。有時我真的懷疑，會不會是妳，在豐饒的美索不達米亞，在群女的環繞中，唱出了人類的第一首詩歌，歌誦我們毫無遮蔽的肉體：歡愉的以及幽暗的火。

是女神賜予了大地的豐收，但她未為此犧牲苦熬過自己，她愛撫著萬物，興奮時生殖，孤獨時摧毀和復仇。

「我是教皇，那妳是什麼？」

妳是我的女神，我的時母，我的地母，在悲傷時，流出白色的血。

二

夢裡，我哭倒在一具男性的軀體上。

我哭著吶喊，我愛妳，但妳不愛我，只是同時，妳愛我，但我不愛妳。那具堅硬如大理石的軀體安慰著我：妳知道的，任何人都可能膜拜一名女神，而不愛戀她，當然，妳也可以愛戀她，卻不膜拜她。

我知道妳正在某處站立著，但卻沒有伸手解開我身上的刑具，而是讓我一直維持著現在的樣子，一名驕傲的女奴，最終選擇了不迷戀，也不屈服於妳。

三

於是，今天清晨起，我突然決定向妳講述一個關於曼德拉太太的故事。一個關於女神沒落的故事。

巴索圖的老人望向遠方。他所記憶著的歷史，
盡是種族的衝突，和掙扎著獨立的國家。

曼德拉太太出生在一九三六年，名叫溫妮，從一九五八年她嫁給迷人的政治領袖曼德拉開始，失去了自己的姓氏。對於了解曼德拉太太生平故事的許多人來說，總不免有些感嘆和惋惜，一個政治受難者的妻子，曾經令群眾瘋狂追隨的講演者，鼓舞黑人女性站起來，面對不平的種族政策和性別壓迫的國母，但最後卻變成了一個狂妄暴虐的，嗜血的女暴君？

雖然溫妮．曼德拉曾經辯解，那是因為她的那些男性政治盟友們，害怕她，害怕一個女人瓜分了他們偉大的政治成果。但，沒有人聽見。

她嫁給曼德拉僅僅四年，曼德拉就因為黑人民主運動而被捕入獄，並足足被關了二十七年之久。在這二十七年之中，溫妮並不只是一個哭泣的婦女（雖然我們不知道她是否曾在寂寞中哭泣），她仍繼續在群眾簇擁中，站上演講箱，接見各路領袖和世界人權組織，建立服務團體，被白人政府逮捕，被釋放，又再被逮捕。

後來，她被軟禁於偏僻的小村莊，孤立隔絕地過了好幾年，忍受了她的住宅數次被無端的縱火，向來無所畏懼的她，決定不顧一切，突破禁令回到索威托，回到群眾的呼喊之中。

然而，這次，她戰鬥的火焰燃燒得更加劇烈，她公開的演講，鼓動人們利用非洲傳統，在敵人和背叛者的脖子上套上輪胎，澆上汽油，將人活活燒死的私刑，作為抗爭的手段。而她所領導的「曼德拉足球俱樂部」更涉入了少年的命案。溫妮被懷疑，利用這些孩子，報復或教訓不服從教導的青少年，甚至將他們毆打致死。雖然最後溫妮用罰金擺脫了這起案件，但是，在人們的心目中，她已經變成一個激進、憤怒的魔鬼了。

於是，忍耐了二十七年和曼德拉的分離，最後，溫妮所面對的卻是被她的丈夫，那個受全世界尊重的人民英雄，最終的切割。而在這之中，她幾乎沒享受過幾天，愛情的歡美。

許多人不能接受這樣的結果，因為在他們的心中，溫妮．曼德拉曾經是曼德拉的第二任妻子，那時他四十一歲，她卻是個二十多歲的甜美女孩。是什麼改變了這個甜美女孩？人們應該會說，是因為二十七年的孤獨。但在那二十七年裡，溫妮．曼德拉或許艱苦，卻不孤獨，她勇敢的為群眾活著。

或許，她從來就不是人們所以為的那種甜美女孩。在那樣歧視黑人的年代裡，像她這樣的黑人女生，居然能夠完成大學藝術學位，畢業後她在醫院擔任社工人員，開始感受到黑人生存位置的不公平，並漸漸走進了社會改革運動之中。正因為對黑人美好未來的追尋，才會使她對曼德拉，這個牽引著黑人理想社會的男人，感到愛慕。

她幾乎是和曼德拉同時，開始進出監牢的。

她始終知道她愛的曼德拉，是屬於人民的，但她愛他，更是因為她愛的，正是群眾。

只是，在那二十七年裡，人們喜愛她，是因為她是曼德拉太太，人們相信她是為曼德拉奮鬥的，她的激情是曼德拉的激情，而她的狂熱也是曼德拉的狂熱。但她終究不是那個永遠帶著溫暖笑容的曼德拉，她終於漸漸地顯露出她自己，用她自己的方法辦事。

那是一個帶著女神威權的自己，喜歡用雷電的方法感受生命的驚喜，討厭背叛和怯懦，憤怒時施予毀滅的力量。

人們很難真心接納一個什麼都不怕的女神姿態的女人，她不害怕白人，當然也不怕男人。有時我會想，當她和剛出獄的曼德拉一起站著，接受世界的歡呼時，她真的願意從他那裡分得一點點的，不屬於自己的掌聲嗎？她仍會像二十七年前那樣崇仰他，那樣愛他嗎？

她沒有用二十七年去等待這個男人，真的。

這幾年，溫妮．曼德拉再度涉及了一些醜聞，進了法院，雖然人們再次諒解了她，因為她曾為這個國家犧牲了二十七年的青春，人們終究還是懷念、同情她「曼德拉太太」的身分。

四

我對妳說了這個故事，但妳和曼德拉太太並不一樣，妳了解政治的運作，卻不參與，而且，妳從不大聲說話。

但妳知道的，我們遠古的女神的先祖，將她的血液流淌在世界的女性身上，變成她們奮鬥、宣洩卻哀傷的方式。她們用女神的統治的聲調說話，卻顯得那麼空盪盪，那麼虛寂。

然而，曼德拉太太比愛娃好多了，愛娃的男人是叫希特勒的強人，她陪著他去死，最後只剩下一團焦黑，無法辨識的灰燼。

雖然妳仍是我的女神，但是，我並不用愛妳、膜拜妳，更無須為了妳化為無名的灰燼。

我還是我自己，這麼多年以後還是，對妳沒有嫉妒，沒有私欲，只是慶幸著，我們曾經一起那樣發出裸著的，巨大的足音……。

哭泣的，和寵愛的……。

我擔心的是，有一天我們開始要愛他們了，他們卻已經對我們充滿了仇恨。

一

我是從一個高中生的書包裡，開始認識這本書的，《Cry, The Beloved Country》。艾倫・裴頓（Alan Paton），在南非可稱為經典作家，他的一生從一九〇三年，到一九八八年，幾乎完整經歷了歐洲人對南非的殖民、墾拓、鑽石黃金的歲月、大城市的文明、白人對黑人的隔離鄙視，以及黑人執政的歷史關頭。

非洲，
始終都保持著那遼闊無邊的乾土的姿態。

但艾倫・裴頓絕不會只是一個歷史的見證者、記錄者，或者是只在紙上祈福或贖罪的作家。身為一個歐洲移民後代的白人，他卻堅決反對種族的歧見，反對分化種族的政策，他創立了政黨，擔任黨主席，孤獨抵抗一面倒的白人至高的時代。

艾倫・裴頓從一個白人貴族學校的小教師，變成了一名主張黑人平等權利的人權運動者。他也曾經在黑人少年感化院裡擔任院長，這使他有了上帝的子民那種，超然的愛的感受，更使他真正的反省關於身體刑罰和死刑的種種。而這些都寫在他的第一本小說《Cry, The Beloved Country》裡。

經過了五十多年，這本書成了高中英文課堂上的教材，各種種族膚色的少年們坐在一起，討論並分享艾倫・裴頓激昂的，深沉的，為南非而起的禱告。

「我擔心的是，有一天我們開始要愛他們了，他們卻已經對我們充滿了仇恨。」在書裡，他透過一個白人牧師這麼說。

一個哭泣著，顫抖著，且仇恨紛飛的國家，這是艾倫・裴頓寫《Cry,

The Beloved Country》時的感傷，是愛，也是恨，使這本書讀來特別綿密卻也壯闊。

然而，真正使我動容的，卻是艾倫特地用祖魯語寫了：「上帝！請拯救非洲。」對於這個充滿對立、驅趕和分離的家園，他從來沒有絕望過。

二

這個地球，並不需要第二個約翰尼斯堡。一個就夠了。

這一切都是從一個祖魯族的牧師庫馬洛的尋親事件開始的。他的家鄉是在一座美麗山巒邊的小村莊，只是不知道從什麼時候開始，他的家鄉面臨乾旱，白人政府的種族政策破壞了原先部落的結構。草木不生，牛羊活活餓死，許多人因為無法忍耐貧窮飢餓，只好離開家園，到遙遠的大都市約翰尼斯堡，尋找工作機會。

然而，這個藉由黑人勞力建立起的黃金的都市，卻像一只巨大的黑洞，多數的人都有去無回。

庫馬洛的弟弟是第一個離開的，然後是他的妹妹，最後是他的兒子，但他們沒有一個回來，甚至連一封信都沒有。終於，他決定動用自己僅剩的幾塊錢，搭車到那個對他而言，惶恐、偌大，毫無方向且胡亂奔竄的城市去，尋找失去的親人。

然而，大城市終究不是他那山峰、河川的淳樸家鄉，而總是冷暖交替的。庫馬洛一到約翰尼斯堡，就被人騙了錢，又遇上巴士大罷工，幾個白人願意停下車來載他一程，卻又被執行種族政策的警察驅趕開來。

後來，他終於找到自己的親人了，親愛的妹妹帶著只有幾歲的小孩，淪為販賣私酒的娼妓，弟弟成了鼓動黑人同胞用仇恨反抗現狀的政治人物，自己的兒子卻因為挨餓，潛入白人家中偷竊，而誤殺了屋主，成了面臨絞刑的殺人犯。

恐懼已經主宰了這個國家。善良的牧師庫馬洛在艱困的旅程裡，見證了那個時代和所謂繁榮景象的城市，背後淌著血的恐懼。

庫馬洛恐懼的是失去心愛的兒子，而他的兒子流淚發抖面對的，卻是天亮後，沒有寬赦的吊刑，孤獨的死亡。

黑人所面臨的恐懼，是被迫失去家園，是貧苦、飢餓和寒凍。而白人的恐懼，卻是走投無路的黑人所聚集成的，黑暗的仇恨和復仇，搶劫、殺人、強暴和犯罪。

每一個人，不分種族，都用一種危險的姿勢站著，站在廣大，卻薄如蝴蝶翅膀的大地之上。美麗，卻隨時可能破裂。

連祈求恩寵的信仰也是，含著淚，哭泣的。

三

一個人長大以後將會知道，這裡不是只有陽光、黃金和柳橙。他將學到在我們國家裡的，恐懼和仇恨。

恐懼和仇恨，幾乎貫穿了這本書。艾倫．裴頓很清楚的明白，黑人和白人之間的問題，並不是種族，而是不平等所造就的恐懼和仇恨。

於是在這本書裡，他創造了賈維斯這個悲劇人物。而賈維斯代表的，正是艾倫．裴頓所相信的，白人社會僅存的、微弱的，且必然為過去的錯誤付出龐大代價的良知。

庫馬洛的兒子闖進別人的住宅，並且誤殺的那個人，就是賈維斯，一個到處演講寫作，成立社會組織，以關懷黑人犯罪問題的社會運動者，他總是呼籲，是白人的壓迫，使得黑人墮入社會的底層，並聚集負面的力量。而最後，他自己果然犧牲在這樣的不幸裡，他不會去責怪這個殺害他的孩子，因為他知道，這是他所屬的，自以為高尚的社群，必須面對的結局。

請給我一分鐘……。

然後什麼都沒有了。這些手指將不再書寫。請再給我一分鐘，我聽見廚房裡有動靜，當我走向死亡之前，請再給我一分鐘。再給我一千分鐘，因為我將永遠不會再回來。

這是賈維斯被殺之前，最後的手稿，當時他正寫到演講詞：「請給我一分鐘……。」卻聽見廚房裡有人闖進來的聲音，他沒有慌亂害怕，卻只是從容懇切的等待著，宛如一種殉道。

賈維斯幾乎就是艾倫．裴頓自己的化身，他透過賈維斯宣傳了他白人身分的自我認罪，他相信他們如今所忍受的恐懼，是因為他們曾經任意的加諸恐懼於另一個種族之上，白人破壞了黑人的部落，也破壞了部落文化和它的約束力，這使得黑人失去了依靠和方向，卻沒有人為他們重新建立什麼。

失去了踏實的傳統，他們只好空盪盪的，往下摔落。

但賈維斯的白人世界還是吊死了那個，單純且怕死的男孩。任何人的罪都沒有消除。

四

黎明終將會來的，幫助我們從恐懼的束縛，以及束縛的恐懼之中解放出來。黎明終將會來的，但為什麼呢？這是一個祕密。

賈維斯的父親，老賈維斯，原來是庫馬洛家鄉那座美麗山巒的主人，他擁有一座寬廣農場。

庫馬洛第一次意外地遇見老賈維斯時，他發抖著掉落了手中的枴杖，老賈維斯走過去，為這個看似孤苦的黑人老牧師拾起枴杖。

你似乎非常害怕我？雖然在這個社會裡，多數的黑人總是害怕白人的。

是的，我怕你。因為我的孩子，殺死了你的兒子。

第二次再相遇時，是在法院裡，庫馬洛的兒子被宣判死刑，老賈維斯忍不住走過去攙扶住庫馬洛走出那個冷漠的地方。這和整個社會規範是相違背的，在那個時代，白人和黑人不能並肩走在一起，但老賈維斯並不顧及這些，庫馬洛對他而言，只是一個失去至親的無辜老人，和自己一樣。

當庫馬洛回到家鄉，他遇見了一個騎馬的白人少年，他邀少年到家中小坐，並詢問他是否要喝點水。少年向老人要了一杯冰牛奶。我們沒有冰牛奶，因為我們沒有冰箱，庫馬洛說。從富足的約翰尼斯堡來的少年有點驚訝，不然就牛奶好了，他回答。我們也沒有牛奶，乾旱使得草木不生，牛羊都餓死了，所以我們沒有牛奶可以喝。「那你們的小孩子怎麼辦？」「小孩子死了，有些小孩子正在死掉……」庫馬洛告訴這個少年。

幾天之後，庫馬洛收到少年日日送來的牛奶，以供應村裡營養不良的小孩。少年是老賈維斯的孫子，庫馬洛清楚的知道。後來，老賈維斯為這個村莊蓋了水庫，解決他們缺水的問題，並請來農業專家輔導他們如何灌溉、改善土質，挑選健康的種子。

如此，這個村莊就能漸漸富裕起來，青年們不再需要跋山涉水地到約翰尼斯堡，就能遠離那個犯罪的城市，遠離強盜和娼妓。

有人說，那是因為白人占據絕大多數的土地，只留了貧瘠的部分給黑人，所以老賈維斯的作為，不過是一種贖罪補償罷了。然而，卻是庫馬洛兒子和老賈維斯兒子的死，使這兩個老人認識了仇恨和權力的真面目。

老賈維斯決定為這個鄉村建一座新的教堂，並邀請庫馬洛前來主持。

「白人的走狗！人們這麼叫他和他的善良，但這是他活著的方式，也是他死亡的方式。」庫馬洛已經太老了，老得無法接受那些紛擾爭論。他只能為老賈維斯禱告，為家園的星空禱告，為非洲大地上，所有哭泣的，和寵愛的人們禱告。

這是無力的愛唯一能做的。

黑鳥白鳥

我請一位巴索圖婦人唱歌給我聽，她很自然地哼唱了起來，並且踩動她的雙腳，揮舞雙手。無疑地，這個非洲民族是善歌好舞的，不論是在他們原本居住的高原，或者我家的院子。

可惜的是，她沒有辦法用英文準確地翻譯這首歌的意思給我，我只好轉而拜託另一個巴索圖的青年，他爽快地一口答應了，但幾天之後，卻一臉麻煩地告訴我，這首歌用的是古老的語言，他得再去問問其他人。於是，懂得這傳統歌謠的，不懂主流的西方語言，懂得英文的，不懂傳統。

輾轉幾番之後，我終於知道這首歌的內容了，也知道為什麼婦人第一次唱的時候，就有著清空飛翔般的聲音。

用野地裡生長的茅草，
蓋成屋頂的巴索圖傳統房屋。

樹梢上有兩隻小小的鳥兒，
一隻黑色，一隻白色。
黑鳥飛遠了，白鳥也飛遠了，
回來吧，黑鳥，
回來吧，白鳥。

在南部非洲這些國家的近代歷史裡，多是種族隔離、黑白衝突、民主運動領袖被捕被殺，然後終於步上獨立的漫長紀錄。這樣看起來，這首黑鳥白鳥的古老歌謠，居然還有一點部落裡的巫師占卜時，預知未來的神祕味道，雖然我還無從考究它被創作的真實時代和背景。

但它真正引起我最多感傷的，卻是使我想起從公元兩千年開始，辛巴威政府由總統穆基貝（Robert Mugabe）推動的土地所有權重新分配的運動，允許黑人群眾進入白人擁有的農場，進行土地和財物的掠奪，甚至有數十名的白人遭到槍殺死亡。而政府更進一步宣布，至少要這樣回收（占領？）超過三千筆的土地。

在這個人類站立起來用雙腿行走，靠雙手發明了工具，原始的閃族和科伊桑人遺留了許多岩壁藝術和文明的壯偉大地上，究竟是誰能說自己有合法、不容挑戰的權威，並且擁有神的特允，可以滅殺其他的族群？

十九世紀，歐洲的淘金客和象牙獵人陸續地抵達這裡，他們以他們的政治領袖「羅德西亞」的名字來為這個英屬殖民地命名，然後，盡是白人的法律、白人的政府、白人的軍隊、白人的語言、白人的教育和白人的財富。他們把黑人屏除在一切權利和幸福生活之外，只能為白人的農場、礦場工作，換取微薄的薪資，世世代代過窮困的生活，許多黑人的反抗者，更遭到逮捕或者絞死。

有時我會想，一個憤怒的黑人青年衝進農場裡，用槍枝頂著牆角一名白人老人，槍管摩擦著他銀白色的頭髮，發出沙沙的聲音時，他是否真的明白，他正在奪走一個人的生命，就好像可能就是他的祖父，因為牴觸了另一個種族的利益，而必須無奈地受死？如果他明白，那麼當殺戮發生，並消滅了他一些仇恨時，他會不會多一點寬容？

再多的不滿和受難的歷史，都不能只因為一個人的顏色，而決定他的生死。

然而，以狂歡似的攻城掠地湧入他人家園的群眾，真的只是為了索討歷史的債務嗎？還是因為私欲和一夜而來的財富使他們瘋狂？

黑人政府宣稱，辛巴威三分之一以上的土地，只集中在少數白人手裡，但是，根據國際媒體報導，回收之後的土地，卻反過來集中在少數黑人手裡，而絕大多數是執政黨的高官權貴。

沒有人能再高站在民眾簇擁中高喊：這是黑人的勝利。因為現在，四個黑人裡就有一個患有愛滋病，而且他們遠比白人執政的時代更貧窮更沒有未來。

一九六〇年代，「羅德西亞」的政治領袖伊恩．史密斯（Ian Smith）為了不願意接受英國在國際壓力下必須承認黑人多數權利的決定，而決心脫離英屬殖民地，宣布獨立，他不惜對抗經濟封鎖，以各種暗殺、政治處決的方式來壓制黑人興起的力量。而後，黑人改用游擊隊的戰略，使得白人紛紛遠離這裡，最後伊恩．史密斯也不得不在種族平等的選舉中交出政權。一九八〇年，穆基貝當選總統，而且一直做到現在。

這個從年輕時期就投入黑人覺醒運動的社會家，曾因此坐過十多年的牢，如今，他卻做了二十幾年的總統，甚至還試圖威迫國會修改法律，讓他能繼續連任下去。他還曾經驅離過政敵，殺害兩萬個反對者，辱罵同性戀是豬狗不如的人。

是什麼使勇敢的邊緣改革者，帶著英雄的光輝，開始傷害在邊緣求生的人們？

很多事其實已經和種族無關了，但它仍是人們記憶中的罪首。而無論是伊恩．史密斯還是穆基貝，這兩個黑白對立，水火不容的人，卻都不約而同地向世人揭現了所謂的「正義」裡，孤傲與自私的一面。

第一次看見閃族人的洞穴壁畫時，我忍不住覺得訝異，這些刻劃在堅硬岩石上的黑色圖案，竟是那麼圓滑、喜悅，而跳躍。幾個線條簡單的男人，高舉手中的矛刀，追逐狩獵野鹿或羚羊，幾乎是遠古的敘事者最愛的主題，雖然是殘忍的廝殺，卻還是帶著歡樂，豐收慶典般的氣氛。

也許，那是因為每一次與野獸對決的勝利，就是族人、妻兒的歡呼，和養育的愛。更或許，這就是人類歷史的起源：建築在戰爭、屠殺和遍地屍體之上的溫情與愛情。

勇士即是殺人者，而殺人者是枕邊的愛人。

因此，誰說殺戮不能和慈祥並生，掠奪時沒有愛？

只是，強人的理想主義，還點著憤怒的火。伊恩・史密斯死命捍衛著他白人子民的樂園，而穆基貝則不惜戰鬥，建立他黑人子民的樂園，這些自以為是的愛和聖潔，卻都傷害著另一群人的生命、心靈和信仰。到了最後，偉大的革命竟成了一場，一粒沙子也容不下的，貪婪的夢境。

我喜歡巴索圖的少女們，在臀部綁著鐵片，搖動身體製造節奏的那種舞蹈，她們燦爛的扭擺著，好像極度的縱樂，就可以使人忘掉窮兵黷武的占有的欲望，和失去的恐慌。

我記得那個替我翻譯歌謠的巴索圖青年，曾經指著遠方的大地告訴我，那是原屬於巴索圖人，卻被強占的土地。「我只是想讓妳了解我們的歷史而已。」他笑著，搔著短短捲捲的頭髮說。

其實我早知道，他說的是非洲另一個叫祖魯的部族，和荷蘭布耳人相繼以武力逼迫他們遷徙的事件。而這個事件，更驅使他們的國王莫修修帶領人民，投靠在大英帝國的保護之下，直到一九六六年才得以獨立。莫修修究竟應該因為給了人民和平的生活而獲得掌聲，還是因為卑微地跪膝，雙手將國家奉送給英國女皇，而招到罵名？沒有人試著談論這件事。

但有些事，被世世代代記憶著，總是好的。我們會明白，從遠古到現在，人類總是殺伐、屈服、平靜，然後又是一場殺伐。沒有人能真正的說，勇敢的戰鬥或怯弱地臣服最好，畢竟這二者從不能單獨，或永遠的存在。

幾個巴索圖的青年，帶著槍枝入侵我朋友的家中搶劫，為了獲得更多的財物，不斷地恫嚇脅迫他們生命，其中一個青年甚至說了：「我們從不會寬容誰。」這句話使我好幾個夜裡，無法安靜的入眠，是因為被殖民的歷史和現今的貧困，使得微不足道的寂寞，變成仇恨嗎？

這一定是一首智者之歌，我聽見有人唱著：飛遠的鳥兒們，不信任與

巴索圖的長者，那就算善於狩獵，
也應心存寬赦的智慧，是否能在新時代裡繼續傳唱？

帶著傷口的，都回來吧。黑鳥，回來吧。白鳥，回來吧。這歌聲穿過寬闊的巨岩，穿過乾烈的石壁，穿過不斷被部落、種族爭戰延燒的歷史，穿過貧窮破敗的屋瓦。

我希望每個巴索圖的孩子都和我一樣，聆聽著這首歌，他們將透澈，他們的祖先一直是這樣宣揚的，就算是善於狩獵，也始終心懷著寬赦。

在秋草枯黃的大地面前，巴索圖人的詩歌在窮苦、疾病，和新時代的遺忘下，還能傳唱幾個世代？我在這異鄉的山林裡，跟著跳舞、吟唱，在清晨的降霜上行走，流下許多因感悟而生的眼淚。

上空女郎的微笑

一

和太陽有關的，都有著神話的盛大、遙不可及和空虛。

這個道理，也許Sol Kerzner早在開始建立太陽城時就明白了。

太陽城是一座賭場，擁有好萊塢式的金光閃閃，或者拉斯維加斯的夜夜笙歌，和毫無罪惡感的拜金遊戲。太陽城也是一座華麗的宮殿城堡，卻沒有幾個家族起伏、興亡的歷史，和藤蔓攀爬的古老高牆。

然而，不管再怎麼說，太陽城終究不是真的好萊塢、拉斯維加斯，或真的城堡。

太陽城來自一個虛構的傳說，
說大地震之後，人們發現了這個神祕的，消失的帝國。
這座橋和石雕動物，會按時搖晃震動，發出虛構的吼叫聲和煙霧。

但是，這個建立在焦旱非洲大地上的太陽城，從來也沒打算說服你他是真的。他是從一個神話，從一個傳說開始的，當然就避免不了浮誇和炫耀的本質。於是，整個太陽城就像是一個隆胸後，甩動著巨大乳房的上空女郎，向世界的人們宣告：只有真的痛苦和假的歡宴交雜以後，才是欲望的面目。

走進太陽城裡，你總能看見一些假得很真的東西。

每一個整點，大多數的遊客便開始往一座人工的橋梁上聚集，這座橋的四周圍繞著用水泥灌漿作成的假岩石，巨岩的中間雕刻著獵豹、大象，時間一到，這座橋梁便開始天搖地動起來，從岩縫和地板的裂隙中，噴出濃煙和乾冰，並伴隨著鳥獸哭號的聲響。而這個按時演出的假地震，則源於一個假的傳說，說太陽城原是一個因為大地震而消失的神祕帝國，如今才被人們重新發現。

距離假地震不遠的地方，還有太陽城舉世聞名的人工海灘。白色的細沙，藍色的海水，陽傘和沙灘躺椅，甚至還有一陣陣溫和的海浪推移著，居然全是假的。但是如果你在這裡，捧著一杯名叫藍色夏威夷的雞尾酒，任誰都會忘了，這裡是非洲，外面還是燥熱無雨的不毛之地。

假若有人用這些假東西來質問Sol Kerzner，或許，他還是會摟著幾個頭上戴著粉紅羽毛的歌舞秀女孩，不哭不笑地回問你：那麼，什麼才是真的？

二

Sol Kerzner是在貧民區裡長大的猶太移民，也許是歧視和不平等的童年記憶，作為一個成功商人，他有著獨特的好強和狂妄。

在建立太陽城之初，南非法律是禁止賭博的，但他卻看上了這塊叫「波布塔赤瓦那共和國」的乾燥高原。所謂「波布塔赤瓦那共和國」並不是一個完全獨立的國家，而是南非的附屬自治區，一九六〇年代起，南非政府為了執行種族隔離政策，而將黑人、有色人種，以原屬部落，如祖魯、巴索圖等的分別，強制遷移到不同的地區。如此一來，這些地區既不能擁有真正的主權和自由，又順理成章的剝奪了黑人住民南非公民的身分。這個南非白人政府的如意算盤，至少造成好幾百萬人遭遇流離，失去家園。

而關於後來那個不是家的家園，稱為「黑人家園」（Homeland）。

在這個充滿悲傷、歧視和歷史糾葛的貧瘠土地上，Sol Kerzner就是有辦法無視於那些複雜的情結，只看見賭博禁令在這裡不能發生效力的法律漏洞，堂而皇之地建設起奢華、縱欲的賭場。

還有誰，能比Sol Kerzner善賭？

太陽城的金碧輝煌是建築於黑人家園的黑暗、掙扎和塵土飛揚之上的。那扇塗著金漆的大門外，盡是搶奪食物的飢餓兒童；關在門裡的，卻是浪擲千金的賭桌、載歌載舞的上空女郎，白人們歡欲和夢想的天堂。

當然，讓Sol Kerzner來背負種族隔離的是是非非，是不盡公平的。這個沾惹著不少賄賂、性醜聞的精英男人，恐怕是比任何人更早看穿，不顧一切的虛擲青春、虛擲金錢甚至是性愛，其實是這些高高在上的人們，最想要的墮落。

在失落之城裡，販賣給人們的，是人格的失落。

三

然而，太陽城還是逃避不了種族隔離的陰影籠罩，畢竟他對於種族主義所帶來的災難，實在顯得太過於無關痛癢。

一九八五年，向來關心人權的搖滾樂手小史蒂芬，結合了二十多位搖滾和饒舌歌手，出版了一張叫做《太陽城》的專輯唱片，以「音樂家聯合對抗種族隔離」作為號召，經過了二十年，至今仍是美國流行樂壇最值得津津樂道的事件之一，它似乎代表了那個時代的搖滾精神，代表了音樂也能集結成一種社會關懷運動的力量和勇氣。

這些歌手們高唱著：「我不會在太陽城演出。」

在太陽城風光的風潮裡，其中一項就是他吸引了許多知名的國際歌手

太陽城是一座歡樂的，揮霍的城堡，
卻也曾被稱為種族隔離的惡魔之名。

前往演出，包括了皇后樂團、洛．史都華，還有最為人樂道的麥可．傑克森。而這樣赤裸的，不在太陽城演出的宣言，幾乎是衝著這些音樂表演來的。

只有太陽城才能夠這樣，一面討好美國的當紅歌手，一面激怒另一群人，寫一首歌，或出一張唱片來批判他。

然而，這些美國人，不論是站在哪一邊的，是高歌熱舞一首歌曲，或者斷絕演出一首歌曲，能使滿身傷口的非洲改變多少？他們終究是昂揚了美國民主和正義的頭顱，但非洲那些黝黑的臉，卻始終低著頭。

四

一九九四年黑人執政以後，太陽城也不再是以前那個只提供白人揮霍取樂的地方了。現在，他有了展現非洲特色的文化村，你可以在那裡觀賞非洲的傳統舞蹈，試一點傳統食物；你也可以搭乘他的車子，到荒野裡去看野生動物，甚至，你還可以看看鱷魚園。

太陽城開始利用一部分空間販賣起非洲了，雖然他還是堅持著，訴說他荒誕不經、虛浮且華美的神話。

我在太陽城住了三天，卻說不出自己究竟是喜歡還是厭惡這個，曾被認為是「種族隔離惡魔」的地方。

午夜，我在他的娛樂中心裡的其中一家酒吧裡，觀看了水準尚可的搖滾樂團表演。然後走進嘈雜的舞廳裡，瘋狂地跳舞到清晨。在那個昏暗、窄小的空間裡，擠著各個族裔的年輕男女，當然還包括了不少時髦的黑人。他們不顧一切的叫著、跳著，擁抱或親吻著彼此，然後像唱國歌一樣，全體一起激昂的合唱了一首西班牙流行歌曲。

我不禁的想了，我那些關於歷史衝突的念頭，究竟是落伍了、被遺忘了，還是從來就無足輕重？我開始懷疑有些正義其實是軟弱的，特別是在歡樂的面前。

那些時代走了，而那些時代的存在，和那些痛苦和忍耐，不就是為了

一隻鳥站在巨大的豹雕像上，
真假交雜在這個似幻似真的太陽城裡。

今天這樣坦率的歡樂嗎？

五

在太陽城的第一個晚上，我就急著去觀賞了一場歌舞秀。

這場歌舞秀是從紅磨坊的形式開始的，幾個穿著華麗，濃妝豔抹的女郎，翹著渾圓的臀部，從觀眾席裡排隊走向舞台，然後開始遮遮掩掩，欲脫還羞地裸露出她們的乳房。這幾個女郎裡，夾雜著幾個有色人種女孩，她們態度大方，臉蛋漂亮，一時之間，我想不清楚這究竟是一種族群融合，還是主流文化的同化。

然而，這個名為「原罪」的歌舞秀，卻漸漸表現出它多層次的一面。女人在巨大的魔性與神性之間徘徊、周旋，痛苦的拉扯；宮廷優雅美麗的圓舞曲裡，卻透露著激情肉欲；皮鞭揮舞，牢籠裡囚禁的，是性的誘惑，卻也是人類原始的，對歡樂、禁欲與罪惡感的眷戀和膜拜……。

如果愛裡從來就沒有罪，愛還會那麼崇高、迷人嗎？

那幾個有色人種女孩再上台時，換上了傳統的非洲服裝，布景也換成了夕陽、非洲草原和乾枯的樹枝。然後，他們把黑人區裡鐵皮房屋，黑人巴士都搬上了舞台，衣著襤褸的舞者穿梭其中，有的乞討、有的閒聊，有的則向人兜售一些生活用品。原本絢麗豪華的歌舞秀，卻突然間，呈現了非洲貧窮、混亂的那一面。

這場秀從歐洲式的紅磨坊開始，卻又慢慢的回到了非洲，用歡樂和熱鬧的歌舞，擁抱了那些罪苦。

最後，這場歌舞秀是在舞者們排列，手持盾牌，戴著面具圖騰，宛如繁盛的，非洲部落和戰神祭典的氣氛裡結束了。

我總覺得此時，曾被稱為是種族隔離惡魔的太陽城，頓時發出了天使的笑容，似幻似真的，像上空女郎們的微笑。

離家

我在葛拉罕斯鎮參觀了一個博物館，大抵是十九世紀歐洲人到非洲的移民潮中，停駐在這個小鎮上的幾個大家族，他們所遺留下來的文物。玻璃窗裡擺放著某個女孩的蕾絲洋裝、有著打洋傘少女圖案的咖啡杯、某戶人家向保險公司申請牛隻失竊賠償的親筆信件、手繪的市政圖和議員競選的傳單等等。

人們大多有著懷舊的興趣，這跟對未來的揣想是大同小異的，畢竟，那一樣是使我們陌生的時代。

博物館的牆上掛著一幅油畫，敘述的是一八二〇年代數千個歐洲家庭從這個小鎮附近的海岸，乘著小船在大浪搖晃中，尋找新生活的歷史。

在這裡，還可以看見一些木製的大口箱子，就像童話書裡，海盜們發現寶藏的那一種。我忍不住遐想，兩百年前，這些木箱子究竟替他們從家鄉攜帶了什麼？

我想起看過的一部電影，身為律師的男主角為了逃避希特勒對猶太人的屠殺，帶著妻小逃離到未開發的肯亞，而過慣貴族日子的妻子居然在行李裡塞滿了精緻的銀器、瓷器，甚至是高級的絲質睡衣。

我相信，絕大多數的移民者，並不是為了探險非洲蠻地，或者獵殺幾隻野牛而來的，而是因為對幸福還保持著想像，才願意冒險遠離家園。

但這的確是一場風險。習慣了宮廷、舞會和教堂的歐洲人與狩獵、祭典和巫醫的非洲部族開始互相暗殺、爭戰和屠滅。

然後，還必須忍受這個殖民地的政權在歐洲列強之間，輪來搶去，這些終於以非洲為家的荷蘭移民，還是被英國政府剝奪了學習自己語言和參政的機會。

最後，黑人執政了，這些定居了兩百年的白人，不得不承認自己其實是外來的。

原先就是為了尋找一片家園而來的，走了許久，卻還是群孤兒……。

會不會那些大口箱子裡攜帶著的，就是他們對家的告別，卻也是對家的深深奢念？歐洲人在非洲，將世世代代地這樣矛盾著？

會不會，稱之為家的，不是因為回歸，而是因為走不了了？

後來，我跟著朋友去了一處兩百年的小教堂。這小教堂夾在兩座山的中間，附近是一所簡陋卻和大自然融為一體的小學，據說，當年是為了開發建設鐵路的工人和他們的孩子而建立的。

但小教堂卻安靜得出奇，我們自行推開老舊得嘎嘎亂響的木門，一進到昏暗的玄關，眼前就出現了一件發黃的教士長袍，它掛在牆上的樣子，不知道為什麼，就是有那麼一種沉重黯淡的感覺。

我們又走了一段山路，去看一個傳說曾有聖跡顯靈的山洞，這個山洞就在兩個相疊的巨大岩石中間，有人說看見耶穌從裡面走出來過。

山洞裡面一片黑暗，隱約中卻可以看見四處是點燃過的白色蠟燭和滴落的蠟油，岩壁上有燃燒過的焦黑痕跡，最深處的石階上，攤放著一張像是供人取暖的羊皮。這種感覺就像是有人在這裡生活過一樣，如同原始人類陰冷的穴居生活。

而這洞穴其實是兩百年前渡海到非洲傳教的教士們，日常居住的地方，他們深入荒地，只能暫時以這個不見天日的岩縫作為房間。蠟燭和羊皮恐怕是後人追念當時光景的結果吧！

跟著教士腳步之後的歐洲移民們，在非洲算得上是發揚光大，他們掌握了絕大多數的土地、政治和經濟的主權，甚至推動極端的種族政策，讓白人在這片大地上永遠高高在上。但誰想過，他們其實也這樣困苦及危難過？

洞穴裡的生活，使我聯想起葛拉罕斯鎮博物館的牆壁上，那幅移民畫裡，翻騰的白浪，許多人擠在小小的船舶上，面帶懼色。離家時要忍受著這樣的寂寞和瀕死的惶恐，那麼，回家時的路途呢？

從山洞往回走的路上，一大片高聳如森林的仙人掌幾乎占據了整個山壁，我從來不知道這種總給人孤傲感受的植物，竟也會這樣合群的蔓生。而它們所圍繞的，是一片冷清的墓園，就宛如一種護衛。

墓園裡躺著的是兩百年來代代的教士，覆在他們上面的泥土鬆鬆濕

葛拉罕斯鎮是許多歐洲家庭冒著險惡的航行，登陸非洲的地方。
對這些定居兩百年的歐洲族人來說，非洲究竟算不算是家？

濕的，石板上沾附著青苔。我突然想起教堂裡那件有些憂傷的長袍，它曾包裹著的肉身也在這裡嗎？我不知道這些教士是用什麼樣的心情漂洋過海的，但他們在異地荒蕪中，曾想著家鄉，而產生孤獨嗎？

那遠渡重洋的大口木箱，原來要裝的是他們自己。而如今，他們自己也變成了與這片土地最接近的苔蘚，以最細密的方式貼附著。也許他們曾想著歸鄉，想著自己只是過客，但不可否認的，這個不能離開，也走不掉的地方，才是往後永無止盡的家。

回家的路，何其漫長。

童話城

客拉倫斯（Clarens）是龍山山脈下，一個百年的小鎮，但第一次造訪之後，它在我心中幾乎成了一座童話城，因而忍不住再三地回到這帶著巧克力甜味的山谷。

然而，它的迷人不是因為歐式建築和莊園的美，也不只是溪流、天空和山色的美。它是一座著名的藝術村，村裡幾乎人人以藝術為業，那裡到處是藝廊、古董店或手工藝品店，街道的轉角處，是鄉村式寧靜的咖啡館和酒吧。

我的童話城建立於一九一二年，它的名字據說來自於瑞士的一個美麗小鎮，那是南非布耳人（以荷蘭裔為主的歐洲移民）政治領袖克魯格總統最後流亡，並客死異鄉的地方。相對於同一年裡鐵達尼號的沉沒事件，客

開普敦海灣的企鵝，
有著非常可愛的傻勁。

拉倫斯的出現不免顯得微不足道，然而這兩者卻都有著不約而同的悲傷，那種人類為了生存與征服而爭鬥，最後卻無功而返的悲傷。

在此之前，我以為克魯格只是一個著名生態保護區的名字，後來才知道克魯格總統為了維持布耳人獨立自主的地位，一生與大英帝國作戰。無奈，英國政府爭奪黃金、鑽石礦產的野心十分強大，布耳民兵終究不敵援助雄厚的對手，而漸漸敗退。在戰爭中，英國將俘虜的布耳老弱關進集中營裡，因為衛生與醫療的缺乏，上千孩童、女人無聲地死在富強這個偉大理想，黏膩的垂涎裡。

克魯格總統則奔走歐洲各國，尋求幫助無效之後，孤單的死在異鄉。為了生存，或者生存得更好的念頭，布耳人為了開拓非洲大地，與原住民爭利、殘殺；英國人又為了殖民地的資產與權力和布耳人互相仇恨、迫害。

而克魯格眼看著族人遭到吞沒，卻無力回天，在今天，客拉倫斯卻變成了一個與世無爭的藝術城鎮和一個動物的天堂。無論是巧合，或者冥冥注定，這個同時帶著強者的悲痛，和弱者的嘆息的土地，總算是有了最好的名分。

在童話城裡，一家製作可愛布偶的小店前，我遇見了一個小孩，他蹲在路旁，前方擺了幾隻大大小小的泥塑動物，有的像羊，有的像是大象。

「這都是你做的嗎？」我問他。

他只是一味的舔著他手裡的螺絲釘，就像那是一根棒棒糖一樣，同時還點了點頭。

我決定向他購買一隻十元蘭特的小牛，同行的人卻全都表示反對，原因是這只是用泥土捏成的小東西，沒有經過高溫烘焙，放不了多久的。但我還是笑著，把小泥牛帶回家了。

過沒多久，小泥牛果然開始崩掉了耳朵，後來又攔腰斷掉，最後是一場雨，使它又變回了一攤泥巴。

我不敢跟任何反對過買它的人提起這件事，但我總覺得克魯格總統一定會為我拍掌的，因為我買下的是一則童話，就算誰都知道它不可能永恆存在，或保持同一姿態。但至少，這純真是在這個曾經彼此暗算和屠殺的紀念地裡，用藝術的模樣在一個骯髒貧窮的孩子身上出現的。

它將使克魯格和我們，都暫時忘記戰爭時焦黑的屍體與姦淫。財富與家鄉的月光也不再使他憂傷滿懷。

卷二

腐蝕與重生

非洲始終都像一只瘦弱的子宮，急著孵養她成千上萬，飢餓、疾病，或者因爲孤絕而產生的暴力的子民。

於是，她一面腐蝕著她自己，一面哺育著新世代的重生。那些貧窮的、絕望的故事，不僅只是帶來悲切的或者人道的感受，非洲的孩子正試著用自己的方法站立起來，循著祖靈的呼喊舞蹈，向世界那些富足的眼睛，表演他們非洲的魂魄，以及神的尊嚴的擊鼓。

天佑非洲。

那一天，秋光正好，非洲大地寂靜。而我知道，遠方的地平線外，有無數的生命，宛如千軍萬馬奔騰……。

邊界盒子

在旅行的途中，我思想著妳，有時清晰，多數的時候卻模糊不堪。而我在這裡，盛陽的天空才突然傾洩下了大雨，又頓時變成乒乓砸落的冰雹，然而，車子一轉了彎，烈日就斜斜地爬回我們的臉上。也許，這也是一種辨認廣闊非洲的方式，沒有疆域盡頭，差別只在你正身處在哪一片雲朵之下。

然後，我們就有了一道壯觀、富麗的彩虹，以雙腳之姿，站立在平坦而荒脊的大地之上。

這使我忽然想起，剛才行經黑人村落時，一個名叫「伊甸」的小店。像這樣的小店在非洲，其實隨處可見，它們多半是小小的土屋，漆黑無燈的屋內胡亂塞著玉米粉、大豆或油等生活用品，但它們都高掛著鮮紅色，可樂的招牌。

坐落在這個全村可能只有一個水龍頭，大多數人家甚至無電可用的黑人聚落裡的「伊甸」，會是人類仍保留著一絲天真無知的「伊甸」，或是，人們正打算投奔向欲望之罪的起點？

幾個月前，我還住在所謂的第三世界國家。為了購買生活物資，我們必須每個週末開車經過邊界，到鄰近的國家去。

在邊界，許多孩子會簇擁著靠在車輛旁，伸手索討一些零錢。然而，一個用手掌高舉著大西瓜，在烈日下招攬生意的少年，卻使我難以忘懷，在這個百分七十的年輕人都寧可搶劫過活的國度，還有人願意用這種姿勢，對每個路過的人微笑？

出了邊界那頭，就有家叫「邊界盒子」的小店。「邊界盒子」和「伊甸」這兩個名字有著一種奇怪的相似，這盒子裡關鎖著的也會是一些原始的安詳？一旦打開封條，這世界就開始騷動著離開或跨越它原來的位置？

記得我還在妳身邊的時候，我們躺在舒適的椅子裡，觀看電視上的一

手中拿著糖果，而雀躍微笑的孩子，
是否能為這大地打開邊界盒子，迎接新的世界？

則新聞：非洲一個叫獅子山的國家，只有二十七歲的平均壽命。我們一同起身，彼此握手恭喜，笑說，在那裡，我們已經是人瑞了。

但是現在這裡的新世代，包括西瓜少年，可能都活不過四十歲。

在他們所成長的草原上，遍地長著一些野生的植物，它們的葉子肥如舌頭，以便於儲存水分，在乾旱中生存。但是，我後來才知道，這些葉子的尖端都有著小小的天窗，好透過這裡吸收陽光。我不禁覺得驚訝，這小小的生命，竟是如此地看重自己。

然而，人們卻過得不好。因為貧窮，就以為自己的質地鬆散、輕浮，沒有必要強爭著要活下去。

這個國家在短短的十年間，發生了兩次大暴動，被激怒的群眾衝進商店裡搶奪，他們高舉著火焰痛快地燃燒那些建築在他們的土地上，他們卻不被准許享用的一切。在這裡，很多人會很樂意地告訴妳，當時他們是怎樣躲避槍響，怎樣跑出火燒，怎樣在情急之下，跳過高牆逃難。聽這些故事的時候，不知為何，我卻彷彿看見面帶微笑的西瓜少年，也奔跑在煙霧瀰漫的人群之中，縱火、丟擲石塊、高舉著槍枝，甚至是橫死街頭。

妳一定會和我一樣，想起柯慈的小說裡，那兩個因為抗議種族隔離的街頭運動，而死在警察槍下的黑人少年，以及，那兩個移民到美國，沐浴在燦爛的陽光下泛舟的白人少年，他們身上穿著鮮橘色的救生衣，是那麼甜膩的顏色。

妳會怎麼評論一次暴力的活動？這暴力彷彿神諭，展現出人性的脆弱、痲痺和不堪一擊？暴力就像是一束劍蘭，紅色如血，卻翩翩迷眩，如小女孩的花裙？

我的西瓜少年會不會在下一秒裡，開始變得冷酷，為了富貴享樂，恫嚇或毆打他人？他也走在自己的邊界上，就像走在生命那條搖盪時柔媚，卻冰冷無情的鋼索之上？

A是我們請來打掃的婦人，從上百個每天頂著烈日聚集，等待工作的黑人中被挑選出來的。那天，她站在走廊上，逆著光，突然回頭對我說：我弟弟死了。在這裡，每天都有死亡的消息，死在搶劫中的，死在飢貧中的，死在疾病的。A的弟弟沒有什麼特別的，三十歲，不比我老多少，留下了妻子和兩個稚齡的孩子。以後，會多兩個西瓜少年，或者暴動少年？

我想過去擁抱A，像擁抱一個平凡的母親或愛人那樣，但她沒有回應我，她把污黑雙手隨便在工作圍裙上抹了抹，看著自己油膩的衣服，輕輕地退後了一小步。

（這是我和她的距離嗎？種族的、階級的，或者經濟的？）

那個週末，A回鄉參加葬禮，而夜裡，我們旁邊黃土山上的黑人聚落，到處燃起了火焰，他們高唱和舞蹈的聲音，在寬闊的天地間隱隱約約地傳送著，我卻無法分辨這是哀慟、慶賀，或祭頌的儀式。

我曾聽過一則傳說，歐洲人入侵這個國家時，曾發下豪語要在一夜之內打下他們，於是國王只好帶領著人民躲到一座山上，夜裡，這座山卻神祕地一寸寸長高，使得敵人的進攻失敗，他們終於得以保全住國土，這座山於是被稱為「夜山」。

所以，從夜晚的山上飄蕩下來的，會是守護與祝福的神靈之歌？

A離開時，是用走路的。她每天都要花上兩個鐘頭走路，翻過半座岩山回家，好節省下兩塊錢的車費。

這是一個善於走路的民族，我早該知道的，畢竟，人類本來就是依靠著雙腳，從非洲這塊大陸，走路地遷徙到全世界的。然而，如獅如兔，在大地上奔跑的他們，卻曾經被禁止了隨處走動的自由，到處都是他們接近不了的邊界。

原來，不管是狂歡或暴力，歌或火，都有著傷心的本質，只是選擇用什麼方法捱住生活罷了。

幾天後，我還是擁抱了A，和她破舊的衣服。在我胸懷中的，彷彿已不再是一個喪親的女人，而是這廣袤且弱肉強食的大地上，曾被上天眷憐的伊甸裡的人們。

一個曾被任意地，把吟遊和狩獵，說成懶散和野蠻的，純真的伊甸。

親愛的，此時妳會是在小小的漁村，傾聽島嶼上，老天的和人文的搖晃的浪潮？還是從學校講台上走下來，教導少年們一首他們咬嚼起來，如同指甲，硬而無味的詩句？

又經過邊界時，我沒再見過西瓜少年的蹤影。就算神祕的盒子已經打開，新世界還是沒有以驚喜之姿彈跳出來。但我想，妳也會同意，不論天堂、先知或真正的門徒究竟存不存在，我們還是會禱告，那是因為一點希望。

希望，人們不再為貧窮所苦，卻也不因為文明，而麻木不仁；希望，槍上開出花朵，人們可以和平，卻不輕易妥協。

現在，我凝視著燦亮的彩虹，把它的光反射在貧民區裡，用大石頭壓著的破爛屋頂上，幾個裸著上身的少年，或站或蹲的在一棵仙人掌前面。這還是夏天，太陽再烈，仙人掌也從未軟弱地，張開戰鬥的姿勢，就像他們捍衛家園的勇士祖先。

少年們舉起手來，向我們揮手道別。也好像，向他們舊時的伊甸道別，向蒼茫的遠山道別。

哭笑

一

看南非電影《Tsotsi》時，我居然有好幾次放聲大笑。那種笑著笑著，到最後卻忍不住崩潰大哭的那種笑法。

像這種描述一個黑幫混混，無惡不作，開槍打傷了一個女人，奪走她的車子，卻發現車上原來有一個小嬰兒，而小嬰兒終於激發出他原始善良的溫情電影，導演居然對於他和小嬰兒之間，煽情的甜蜜之情，或者暴力的場景，都用一種輕浮的方法帶過，甚至因為太有距離感了，而產生誇大的感受。

然而，這本來就是南非，以一種荒謬、不合理的方式存在著，就算悲哀，也能使人無可奈何的發笑，就像是一齣沒有真實感的，簡陋的鬧劇。

Tsotsi本身也是如此，一個穿著老套的黑色長皮衣，總是面無表情的揮著槍枝嚇唬人，把搶來的嬰兒藏在購物紙袋裡，或者提著到處走動，用報紙給嬰兒包尿布的幼稚、躁動的少年，一如他所居住的，聲名狼藉，卻容易緊張得抖手的城市。

而從電影一開始就尾隨著的嘻哈音樂，沒有好萊塢的光鮮和性遊戲，也仍是黃土非洲的滋味。就像一輛破舊的貨車，行駛在黑人區的石頭路上，那種不規則的跳動，或者，驟雨打在鐵皮屋時，激動卻冰冷的撞擊。更像我們又哭又笑的時候，滿臉那種莫名其妙，不協調的節奏感。

這音樂使我們輕鬆著，對少年頹傾塌陷中的人生，失去戒心。甚至在一開始時，就放心的微笑。

這是導演的計謀，他要讓我們徹底的明白，我們不可能清楚的分割哭泣和笑容。正如電影裡（或真實的），那些貧民區和豪華住宅；嬰兒和殺戮；暴力和愛。

二

當嬰兒不斷的哭泣時，Tsotsi凶惡的吼著：你哭什麼？想回去你豪華的家嗎？我帶你去看什麼是家。

於是他帶著嬰兒，到廢墟裡幾根水泥水管邊，那是他飽受父親的暴力，離家之後所居住的「家」。

但Tsotsi能怎樣呢？他根本不可能有力氣去想公不公平的問題。這不是一部揣摩暴力美學，或江湖生涯的團結與背叛的教父電影，Tsotsi只是一個有把槍的混混，暴力只是他在街頭的生活，感到寒冷時，唯一的一條破被子。

所以，當他為沒有母親哺乳而飢餓的嬰兒，感到不捨時，他唯一的解決之道，是拿著槍，衝上街頭，逼著一個少婦替他餵飽這個孩子。

因為同情這個少婦失去了丈夫，他仍舊帶著同伴，舉著槍衝進那個嬰兒富裕的家庭裡搶劫，好給少婦一點金錢。但他卻忍不住對著裝潢可愛的嬰兒房眷戀再三，結果搶劫用的袋子裡，居然裝滿了嬰兒的奶粉、奶瓶和布偶。

暴力揪扯著溫柔，而溫柔的唯一方法，卻是暴力。

於是，當Tsotsi把嬰兒送回親生父母的身邊，遭到警方圍捕時，高高的舉起雙手，我們無法肯定這是否是他重生的開始，浪子會不會在一夕間變成天使？但至少這是一個棄械的機會，向過去的自己坦承，其實自己終究不是一個夠格的凶狠暴徒，卻也不夠純潔或講求義氣，每次殺人時，都害怕得要命，雖然給不起，卻仍然渴望著被需要。

一個淚流滿面的，逞強、假裝的暴徒，站在一片安靜中。他有能力從此和暴力告別嗎？他的同伴一個被他打腫了臉，一個被他槍擊死了，為了拯救那個孩子的爸爸，另外一個失望離開了。

神不在，鬼也不在，只有他自己的靈魂了。

「如果我把嬰兒送回去，我還可以回到妳這裡嗎？」離開前，他這樣問那個少婦。然而，他究竟要如何才能回到原點，回到母親溫暖的乳頭？

他的雙手還舉在那裡。這一晚，沒有誰驚醒熟睡中的嬰兒。

三

當Tsotsi再度用槍逼迫少婦為孩子餵奶時，他發現了新寡的她製作的手工風鈴。

「這個妳賣多少錢？」

「五十元。」

「五十元？就這些碎玻璃？」

一些彩色的碎玻璃，在風中互相碰撞，碰出許多清涼、開朗的色彩。

Tsotsi用雙手撥弄著。

「在你的眼裡，就只是一些碎玻璃嗎？」

少婦告訴他，在她眼中，這卻是光影，一些映在Tsotsi身上的光和影。

Tsotsi能夠明白嗎？在他的身上，光亮造成影子，而有影子的地方，就算隱晦，背後也總有意想不到的光源。

「為什麼像一隻狗一樣活著，卻還繼續？」他在車站裡，促狹一個瘸

在新的世代來臨之前，「老黑」能忘記過去的苦難，和那些流傳著的原始和純真嗎？

足的老乞丐，把老人裝在鐵罐子裡的錢幣踢翻一地，然後他忍不住的問。「因為我想要享受街頭的陽光。」老人顫抖著說。就算再卑微的角度，都有陽光的眷顧，而少年浪人還能認為自己只有黑，只有醜陋的過去，而沒有光彩嗎？

光和影交疊、替換和閃動著，像是黑幫少年自己，或者這個國家，這個他所在的城市。就像他那個老是傻呼呼的笑說「嘿嘿嘿，這樣好這樣很好」的胖夥伴，最後終於還是痛哭了，流出了虛惘的，滑稽的眼淚。

我們每個人，其實都生活在自己的街角，一會兒這樣哭，一會兒這樣笑，像一隻陽光下的陰影處，遮涼著的老狗……。

碗裡的鞋

事前，我就看過非洲藝術節的節目表了，多數還是帶著歐洲貴族憂悶的《哈姆雷特》一類的劇碼，或者盡可能地接近性愛、死亡、信仰或者暴虐，最後卻發現它們竟和自己之間，都巧妙地距離著肉體的那種現代舞。

非洲藝術節每年在南非東倫敦地區一個叫葛拉罕斯的小鎮舉行，根據它自己的宣傳，這是世界上僅次於愛丁堡藝術季的藝術盛會。而這個小鎮在文化上是屬於班圖語部族之一的科薩人，但卻也是許多歐洲移民從海上歷經風暴之後，幸運登岸的地方。

在到達小鎮之前，我一直禁止自己去想像所謂的非洲藝術究竟應該是什麼樣子，也避免去定義它。畢竟它應該自信澎湃地展現它和它的生民，天人和歷史的表情，藝術難免受政治和主流的影響，而我個人則可以少些霸道。然而，我怎麼也沒想到這一趟旅行裡，真正打動我的，竟不是蕭邦，不是莎士比亞、瑪莎．葛萊姆或者破天地而來的非洲鼓，而是一群孩子。

小鎮裡到處充滿歐洲來的遊客，有些背著破舊包包的青年，把這裡當成從繁華的地方抽離後，流浪苦行的地方，有一天他們會回到所謂文明的世界，向沒有勇氣冒險的同伴展示長髮和鬍鬚上，非洲叢林的味道。一群孩子匆忙地從我和歐洲青年的身邊擠了過去，他們衣著骯髒破爛，手上提著一袋過熟的水果，和一把玩具手槍。另一個孩子盤坐在路邊乞討，只是眼前的碗裡，擺放著的是一隻早已磨破底部的紅色鞋子。

後來，我才突然意識到，這是孩子們的行動藝術表演。如果，一個沉默乞求的孩子，換得的憐憫只值一隻破鞋，那麼為了在街頭討生活，到處兜售水果的孩子，漸漸聚集成把持槍枝的幫派組織，則是由極度卑微和渺小，所爆裂出的血肉之聲。

這是孩子眼裡的非洲，誰也無法裝在背包或相機裡帶走的非洲。

而孩子們的祖先是不穿鞋的，他們仍用自己脆弱而勇敢的肉體跳過陡峭的山稜、乾涸的河床，與猛獸以及敵人的槍彈搏鬥。大地上的礫石將以它自己曝曬下的高溫，燒痛他們的腳皮，以尖銳割傷他們的皮膚，在非洲的荒土上，人類的先祖們以血和萬物結盟。

但現在，這孩子的碗裡有一隻破鞋。

我想起了一個老掉牙的故事，兩個商人到非洲賣鞋，一個悲觀的說，那裡的人都不穿鞋，沒生意可做，另一個則樂觀的說那裡的人都沒有鞋子穿，如果一人買一雙，不就大發利市了嘛！

那麼，對於這個孩子而言，這隻破鞋究竟是代表著悲觀抑或是樂觀的命運？

也許這隻破鞋將是他在文明世界的大馬路上行走的開始，更或許，這將永遠僅是一個標顯他在物質社會裡，弱勢階級的號誌罷了。

幾個太太們在午茶時間談及她們在山上遇見一個衣服破爛的小女孩，她說，小女孩的上衣左胸處破了個洞，為了掩飾這個洞，她索性在右胸處也剪一個對等的破洞。在她後來的敘述裡我發現，這個小女孩其實已經是一名懵懂少女，弱小的乳房，微微地從那兩個掩耳盜鈴的破洞裡透露出來。

大部分人都笑了，而我卻沉默了，不是因為少女的貧窮，而是因為她在貧窮中仍傻傻堅持的自尊心，如果不是不願意向他人暴現她的困境，又怎麼會有如此拙劣的掩飾？

然而，就算是男孩的碗裡或少女的身上，能出現名貴的鞋子衣服，能包裹住他們青澀、萌芽中的肉體，就能遮蔽他們的不安，他們的窘迫嗎？

小鎮的廣場中央，臨時搭建的舞台上，出現了傳統非洲部落舞蹈的表演，幾個膚色黝亮的青年和少女，用獸皮點綴自己，那充滿力量的身體，赤著腳，跺響了我們周遭的土地。

我被他們驚動、貫穿市集的歌舞吸引住了，目不轉睛地注視著他們的每一個肢體跳動，特別是最靠近我，腰際掛著鼓的那個男子，他的下身圍著羚羊皮毛，小腿和手臂上纏繞著捲曲的羊毛，脖子上戴的巨大獸骨垂在胸膛，臉上和身上的肌肉都任意地塗著漆彩。

我發現，這些紋飾並不是為了要遮蔽他的身體，而是為了彰顯並且崇敬他裸露的肉體，那麼青春，適合於隨時戰鬥的，獵戶的肉體。

他踢動雙腳，輕盈地跳躍起來，結實的腿在空中畫出弧線，又再踩落地面，那聲音壯碩，如鼓。

我被那赤裸的男性感動了，原來裸體也可以是一種美學，甚至是一種美德，向世人展示神靈的，渾厚的身體。

有一個笑話是這樣說的，一個非洲的部落酋長有一天突然對著他的人民宣布：「請大家穿上衣服，把重要部位遮蔽起來，因為有幾個外國學者即將來訪，天曉得這些文明人會幹出什麼野蠻事來。」

誰說衣冠楚楚必然是一種德性，而衣不蔽體就必定敗德？是欲望使人脫下衣服，卻也是欲望使人穿上衣服的。

我又想起那少女稚弱的乳房和男孩的赤腳了，他們未能遮掩的襤褸，其實還帶著一點點這縱情舒適的世界早已遺忘的純真，只是，文明的人們是看不見的，甚至還會覺得有些難堪，有些許羞愧。

獵戶之舞裡赤裸的男體，
展示著他的部族的，祖靈的魂魄。

我曾經看過幾個非洲女孩，聚集在路邊，一起幫一個坐在板凳上的女孩，在頭髮上塗抹油膏。後來她們告訴我，這種油膏可以使她捲曲短小的頭髮看起來變長變直。

「因為我想像妳一樣擁有長髮啊！」坐著的那個女孩笑得燦爛地對我說。

這些非洲女孩的頭髮多半是粗粗硬硬的，加上短短捲捲的，看上去就像刷鍋子用的鋼絲。當她們的服裝、鞋子和化妝都已經能跟得上西方國家的時髦流行，她們的擔憂便很自然地到頭上來了。畢竟在電視或雜誌上看到的廣告女明星，就都有辦法弄出一頭筆直、柔細的長髮來。

瑪帕多是小說裡的非洲女大學生，她愛上了德國來的白人男子以後，每天開始用薰衣草精油熱敷頭髮，據說，這樣做可以使她的頭髮長得快一點。她羨慕白人或其他種族的女人可以擁有秀麗的，在風中飄揚的長髮。髮型，幾乎成了她和白人男子交往時，種族自卑的象徵符號，好像只有把頭髮弄長了，她才能和他平起平坐，在同一個世界裡生活。

後來瑪帕多懷孕了，德國男子無心負責，她才突然懂得了，自己和她的非洲血源一樣，是獨立而堅固的。她閱讀了一本關於非洲早期人類髮型、儀式和文化的書，而決心改變自己的髮型，她把頭髮編織成八個區塊，傳說，它們分別代表了八個掌管成功和興盛的神祇，在甘比亞，女人懷孕時就會換上這個髮型。

她要自己生衍孩子，自己祈禱並獲得幸福。這古老神話中的髮型能給予她的種族力量，因為只有他們的髮質才能編綁成這神聖的形式。一個女人藉著改變髮型，改變了自己的命運。而這個命運不只是她自己的，也是整個非洲，未來的宿命。

要離開小鎮時，人潮仍未散去，我在當中搜尋男孩的位置，卻無所獲。我向一名頭上綁著彩色珠子的青年買了一只原價四百元蘭特，卻兩百元成交的非洲鼓，背在身上沉甸甸的。

但那一隻碗裡的紅鞋，好像就在我身旁的街心中，它不能行走，只有一隻腳辛勤跳著，跳著，跳到遠方。

我想我知道，無論是這隻破鞋、一件破衣、獵戶之舞裡強壯赤裸的男體，或者瑪帕多的髮型，它們所包裹所暴露所裝飾的，其實都是這屬於非洲的肉體和魂魄。

給給

剛開始，我就很喜歡給給。

給給是一個年輕的巴索圖女孩，我第一次看見她的時候，她的嘴裡含著一根棒棒糖，手裡拿著一本剛在她的社會和年齡層流行起來的減肥雜誌。「這是妳原來的身材嗎？」她的意思是，難道妳從來沒節食過嗎？那妳怎麼能保持這麼瘦？巴索圖的女人都是容易發胖的，尤其是臀部。在路上，總是會看見一些女人，屁股大得幾乎無法走路了，卻還是穿著高跟鞋扭啊扭的。

原先，她們的男人是喜歡具有生殖魅力的胖女人的。

我告訴給給，少吃甜食，可以避免發胖的。她才笑著把圓圓的棒棒糖從厚厚的嘴唇中間，拔了出來。

後來，她又告訴我她會說法文，在學校裡學的。「有一天，我想去法國，喔，或者義大利，義大利的男生真好看。」她誇張的叫著，張大著夢一樣的眼睛。當時，給給正準備在大學裡修讀社會學系，她是巴索圖年輕、雀躍的新女孩們中的一個，她們將不再像上一代的女人一樣，守在山裡的部落一輩子，守著一個男人。

她們的世界在遙遠的，新鮮的另一頭。

再見面時，我才注意到給給的指甲。

她的指甲是刻意修剪過的，塗上透明的指甲油，再把前端小心地塗上白色，時髦的指甲彩繪。她正捧著一本書，用她尖長而健康的指甲，輕輕的捏過一頁。

有時我特別喜歡看女人的指甲。從少女時代開始，我就認定能穿著睡衣，和妳一起坐在床上，邊塗指甲油邊聊天的女生，就是好姊妹。剛開始的話題總是男孩和愛情，但漸漸長大，我們發現女人的生命總不會只有這些東西，我們其實也擁有像指甲般，堅硬而美好的武器的時代。

我給自己泡了茶，在給給的身旁坐下來，分享她的書。那是一本關於愛滋病和愛滋病患社會輔導的書。給給告訴我，在山裡和部落裡進行愛滋病的輔導，最難的在於，那些傳統婦女總會對她們說：妳們這些城市來的女孩懂什麼？

「巴索圖的男人喜歡到處和人上床。」她說，對這些傳統婦女來說，男人是天，就算她們明知道丈夫身體帶著病，也不敢拒絕和他發生性關係。於是，她們只好靜靜地染上惡疾，甚至把病垂直傳染給自己肚子裡的孩子，那種從容和甘願，幾乎是一種赴死就義。

「如果我告訴一個巴索圖男人，我愛你，但仍是獨立的自己，那這個男人一定會氣得痛打我一頓。」她說。

「那就打回去啊！」我笑著，揮舞我尖銳的長指甲。

「那他肯定會殺死我。」給給說，有太多的巴索圖男人用暴力虐死自己的妻小，但真正被判刑的，卻少之又少。

然後，我們都沉默了下來。

也許，年輕的給給始終都知道，身為巴索圖的女人，她們只能

小小的孩子，
站在對自己和非洲的未來，都茫然的門前。

「給」，而不能「要」。像她這樣勇敢的女孩，也不能免於威脅恐懼，更大多數的青春少女只能無聲無息的，複製她們父母的那種婚姻。

給給說了一個二十歲寶兒的故事，而這個故事聽起來，就和這個社會裡報紙上、雜誌上或電視上不斷重複說的那些故事，太過相似，而幾乎要失去了溫度。她發現他四處和一些來路不明的女孩子上床時，已經生了兩個孩子，她從電視上知道了愛滋病的事，所以開始害怕起來，她央求他到醫院去檢驗，卻挨了一頓揍，有一天他喝醉了回來，要求和妻子做愛，她苦苦地哀求他戴上保險套，卻又被狠狠打了一頓，他把她重重摔在地上，剝光衣物……。

後來，她生下第三個男孩時，丈夫已經因為愛滋病死了，她自己和孩子也都是陽性反應。寶兒不敢告訴任何人患病的事，甚至是自己的父母兄弟，他們會罵她是「妓女」。她每天等著死亡來臨，等著和孩子道別。

我想著寶兒，和其他的女人，總覺得她就坐在那裡，咬嚙自己的指甲，用力地啃，直到出血。

E曾告訴我，她父親到現在都還相信，如果有人取走了妳的指甲，他就能使妳發瘋。所以，總是小心地把剪下來的指甲埋在某個地方。

原來，指甲就和頭髮一樣，雖然是肉體的一部分，卻其實是出竅的靈。那天，我決心好好修剪指甲，在我們女人的生命裡，總有太多老舊的，依依不捨的優柔，得把它剪去。

我想告訴給給甚至寶兒，感謝她們給了我這壯麗的，拋棄的勇氣。

瘦乳房

有一次，席拉突然告訴我，她被蜘蛛咬了，痛得不得了。然後就唰的一聲打開上衣的釦子。她的那對哺育過許多孩子的乳房，就這樣垂掛在我的面前，乾癟的，尖尖下垂，像是兩支脫水的長型瓜類。

我喜歡女人的乳房，她們飽滿、圓潤，就像歡愉的女人。整個世界都是從乳房這裡開始的，她們像是初始時代的火種，第一滴的雨露。

席拉所屬於的巴索圖部族，和她們的祖先，不也是袒露、舞動著乳房，向祖靈和萬物之神，歡慶豐收的嗎？

但是，四十三歲的席拉，卻有著兩只削瘦的乳房，比眼神更悲傷。

後來，我們才發現她根本不是被蜘蛛咬了，而是因為身體虛弱，得了所謂的帶狀疱疹。那些細菌像一條長長的鐵鍊，環繞纏綁著她瘦弱的身體。有很久的時間，她根本痛得無法起身。

我想起有一天，她興奮的告訴我，那天是她的生日，並且露出了少見的笑容。「我很高興，因為我居然活到了四十三歲。」她說。

四十三歲，對我島嶼家鄉的女人來說，是多麼輕鬆，而且理所當然的數字，她們才剛要開始在自己的領域裡，神采飛揚。但對於平均年齡不到四十歲的巴索圖人來說，在這場艱困的命運競技裡，她們幾乎是一邊跌著，混著黃土，爬過這條生命線，宛如深壑、山谷般的摺痕。

席拉和多數巴索圖婦女一樣，從山上到城鎮裡幫傭養家。因暴動而失去的丈夫、年幼女兒、非法打工被捕的兒子、沒有頭蓋骨的小孫子，以及被強暴而生下雙胞胎的十四歲女兒。

我知道，席拉沒有什麼特別的，山裡幾乎每個女人都在疾病、貧窮和死亡的監視下勞動。所以，她的乳房始終都像擺盪的空樹枝，來回撞擊的也只是虛空而已？

年輕一代的巴索圖女孩開始拒絕婚姻了，她們多少感覺到了男人的不

在困苦中生活的巴索圖人，
更能感受大自然未曾絕人之路的溫暖恩惠。

可靠，沒有適當的節育所帶來的種種困擾。許多女孩上學受教育，開始為自己工作，為自己享樂。

然而，我卻想起了席拉說起在山上被強暴的女兒，生下不知道爸爸是誰的雙胞胎時，痛哭著告訴我：「我一直工作賺錢，就是希望能讓她回學校去讀書。」就算她努力不讓女兒過和她一樣的生活，但這個世代一樣，空盪盪的擺著……。

我永遠忘不了席拉的手指，那種冷透脊骨的觸感。這個應該是為了大地的豐饒、生命的湧泉而生的，女人愛欲的肉體，如今卻成了一對無神、沉默寡言的瘦乳房。

但是，我總還記得席拉四十三歲那天的笑容。也許，再無力的乳房，也終究是餵養了許多新生，再不幸的生命，也都有活著的喜悅。四十四和四十五歲的春天，一定會在某處等著、顫動著，活著。

鬼魂的書寫

我開始讀可・謝洛・杜克（K. Sello Duiker）的小說沒幾個月，他就死了，死在自己的手裡。

那時，他的長篇作品《夢的沉靜暴力》（The Quiet Violence of Dreams）和《十三分錢》（Thirteen Cents）正在我的手裡，反覆閱讀又反覆停止。關於他自殺的消息出現時，我卻不斷想起他小說裡的主角，十三歲的藍色總對自己說的：「我已經越來越堅強了。」

杜克出生在南非最著名的黑人區索威托，大學時讀的是新聞和藝術史，曾經是廣告人，也為南非國家電視台寫過電視劇的劇本。他的兩本小說分別獲得過赫曼・查爾斯・波斯曼文學獎（Herman Charles Bosman Prize）和非洲地區的全民作家獎（Commonwealth Writer's Prize, Africa

Region）。杜克所書寫的，是南非新世代的黑人社群：幫派、酒吧、性愛、名牌服飾、紐約流行的黑人音樂和大學生活。他不像前代的南非作家，把書寫當成一種政治吶喊，或者用以揭發種族隔離下的黑暗不幸。然而，失去了「黑人自主」這樣視死如歸的堅定目標，像杜克這樣的青年作家要面對的，卻是新南非尚未建立的秩序和空洞的自我。

杜克就這樣站在屬於黑人自己的國家和城市裡，低聲的問：家在哪裡？城市終究是龐然，卻片斷的，他在那裡顯得那麼驚慌，胡亂的流蕩和言語，像一只失格的鬼魂。

然而，無論是十三歲的藍色，或是《夢的沉靜暴力》裡的大學生謝波，他們都代表杜克在作品中現身，一樣是漂泊的鬼。

藍色是流浪在開普敦，無家可歸的黑人少年，父母都死了，靠著在路邊替人顧車，換一點小費生活，晚上他就睡在海邊的一張塑膠布裡，在公共廁所喝水，用免費的洗手乳洗澡。他有時和街頭上的小混混一起吸根大麻，卻從不碰毒品，討厭那些掌握生殺大權的幫派分子。

那天，他抽完大麻到天橋底下的違章建築區找朋友，卻誤把販毒、殺人的幫派首領傑諾德叫成他的黑人朋友席立。傑諾德是所謂的有色人種（黑人和其他種族的混血），他痛恨別人把他看成黑人，於是下令追捕藍色。他讓人把藍色打成重傷，甚至控制他的行動。

「你知道那個黑鬼有多討厭黑人嗎？你污辱了他。」藍色的街頭朋友文生告訴他。「他認為他是白人，因為他有直頭髮和淺色的皮膚。」

但是藍色雖然是黑人，卻擁有一雙屬於白種人的藍色眼睛。

文生告訴藍色，叫他脫掉好不容易存錢買來的新鞋。「如果你穿著這雙鞋子出現，還有你的藍眼睛，他一定會殺了你的。他會說，你以為你是誰啊？你以為自己是白人嗎？」

「他多希望能擁有你的藍色眼睛啊！」

「想想，幾乎是一個白人，卻偏偏不是，是什麼感覺？」

「這也是為什麼在你的生命裡，人們總是不停地揍你，因為他們覺得你『不夠黑人』。」

於是，文生告誡藍色盡可能去當一個「最黑人的人」，所謂最黑人的

巴索圖的廢屋，
站在一角的，是傳統的燉肉鐵鍋。

人，就是甘於貧賤的社會位置，穿破爛的衣服和鞋子，像過去的一百年一樣，任人欺侮。

在杜克的思維裡，人們的身分總是浮動，甚至是焦躁的。渴望變成白人的，卻帶著黑人的血統；而一個徹底的黑人，卻有著藍色的眼睛。他們常介在什麼和什麼的中間，卻沒有真正屬於自己的族類。

杜克、他的主角們以及種種身分符號，都有著相似的孤兒情結，他為此而覺得單薄和悲傷。然而，他卻也同時對固定的、僵硬的身分認知感到厭煩。

「你看過那種全部是白人的男孩音樂團體嗎？他們走路的樣子就像他們全是在貧民區裡長大的一樣。但這卻說明了現在年輕流行文化嚮往的方向。去問問那些唱片行，看看究竟是誰，購買了那些昂貴的、進口的黑人饒舌音樂，他一定會告訴你，是那些距離現實的貧民區非常遙遠的，有錢的白人孩子。」

他討厭人家說，黑人該是什麼樣子，或者非洲的黑人該是什麼樣子。但是，他真正抗拒的卻是：「非洲的黑人男人該是什麼樣子？」的這個問題。從種族身分的逃亡和漂流，到《夢的沉靜暴力》裡，他所躲避，卻不得不逼視的自我，已經延伸變成一個種族加上性別的游離的鬼途。

十三歲的藍色為了生活，不得不在公園裡，和陌生男人交易身體。而《夢的沉靜暴力》裡的謝波，則是進入按摩中心，以男妓為業，和不同種族、國籍和語言的男人性交（其中還包括一個白人女孩）的過程，使小說成為一個接著一個的性冒險日記。

謝波的許多男客都是成功的白人資產家，他們擁有令人稱羨的地位、財富和家庭，但他們卻利用零碎的時間，取下結婚戒指和皮夾裡孩子的照片，，尋找一個黑人男妓的安慰。一個男人，這樣告訴謝波：其實他並不是特別愛男人的，只是找個男妓可以使他從完美的生活裡，偷偷地鬆口氣，卻又不覺得愧對妻子太多。

而來自美國的黑人客人則問了謝波：「所以，在南非當個男同性戀，又是黑人，是什麼感覺？」

「我想跟在美國當個男同性戀，又是黑人，沒什麼不一樣吧！」謝波有些惱怒的回答。

「是啊，但是非洲是那麼……。我該怎麼說呢？在非洲，人們期待你們更有男子氣概不是嗎？」

「我想你恐怕有點毛病。是誰說跟一個男人在一起，就沒有男子氣概？」

「我一直以為男同性戀在非洲部落裡面，是很困難的吧。」

謝波厭惡這個男人，原來來自西方的自大，居然和這世界所以為的男人的那種自大是一樣的。謝波總是在想，為什麼人們總認為身為一個非洲男人，就必須得是嚴格、強悍的？

當我在街上看見黑人男人時，我幾乎被我們的文化加諸在身上的壓力擊潰。有好幾次，我遇見按摩中心裡的男人，但是在單調的日常生活中，他們走路的樣子是那麼嚴厲，充滿男子氣概。其實，就算有一點陰柔也不會使他們失去魅力的。但有些人一認出我來，就會趕快轉移視線，或者，給我不屑的眼神，這樣我才不會走過去，跟他們說嗨。但我總感到衝擊，因為他們居然對於喜歡男人這件事，感到如此氣憤。

這使得謝波更加思考同性之愛，和黑人男人之間的關係。「我渴望在他們之中，找到舒服的，引導的愛，而不是那種在晚上是舞會皇后，白天卻是穿著灰色西裝的分裂男人。」

然而，男人總是沉重的，就算他們的嘆息、淚水或精液都是如此輕盈，謝波仍知道一個又一個在他肉體上趴過的男人，都有著沉重，不可翻掀的祕密。

所以他說：「這是真的，當一個男人難，而愛一個男人更難。」

我想，杜克寫這句話的時候，是漂浮在海的一個泡沫上面，生死未決的。

只是，野鬼般的藍色和謝波雖然沒有家，卻都有一個欲想回去的地方：母親的子宮。因為對母親被水包圍的子宮，充滿眷戀，所以藍色才會選擇住在海邊，時時覺得口渴，甚至是擁有藍色的眼珠。而謝波也永遠都在哭喊著母親，他的母親死在暴力集團的父親手裡，一種殘忍的強迫分割：「有時，當我孤單，或感到被世界拒絕的時候，就像我記得被生出來時的暴烈，和我如何在您溫暖的子宮裡痛苦的哭著。沒有什麼能撫平我所失去的，當我想起我們曾是如此靠近。」

母親的子宮就像是一個模糊的前世，輕輕靠著藍色或謝波走在廣大無邊的陰暗裡。那曾是一個原始、沒有差別和成見的地方。

所以，當藍色被逼得走投無路時，他躲到山裡的洞穴裡，卻看見了牆壁上刻劃的古老岩畫，他深受感動，開始圍著溫熱的火光跳舞，他從未見過，卻在血液裡跳著的祖靈的舞。

而謝波則發現了自己擁有一種祖先的神祕力量，他愛撫著自稱是他弟弟的男人，他稱謝波為古埃及的太陽之神「荷洛思」，並說，他的身體是一種容器，卻不同於女人，他可以不通過言語，而穿過人的心。

也許，當杜克帶領著藍色和謝波漫無目的遊走很久以後，終於發現，在他們身上的，非洲古老的文化和精神，就和母親的子宮一樣，誕生他們養育他們，在這裡，他們才能真正消除掉黑人、白人、有色人種，或者同性戀、異性戀和雙性戀這些身分的糾纏，真正自在的成長。

「也許，有一天人類將互相依靠，不再因不同的陸地不同的人種而產生分別。我們將進化成相同的種族，我們的差異將會逐漸的消失。」

這是杜克真正的家，就像尚未分娩和忍受割裂、分離的痛苦的子宮。

然而，最終可・謝洛・杜克還是死了。沒有人能真正明白為什麼，也許是他以為的美好的家，終究沒有實現。也或許他本來就是一只鬼魂，不論是活著，還是死了。

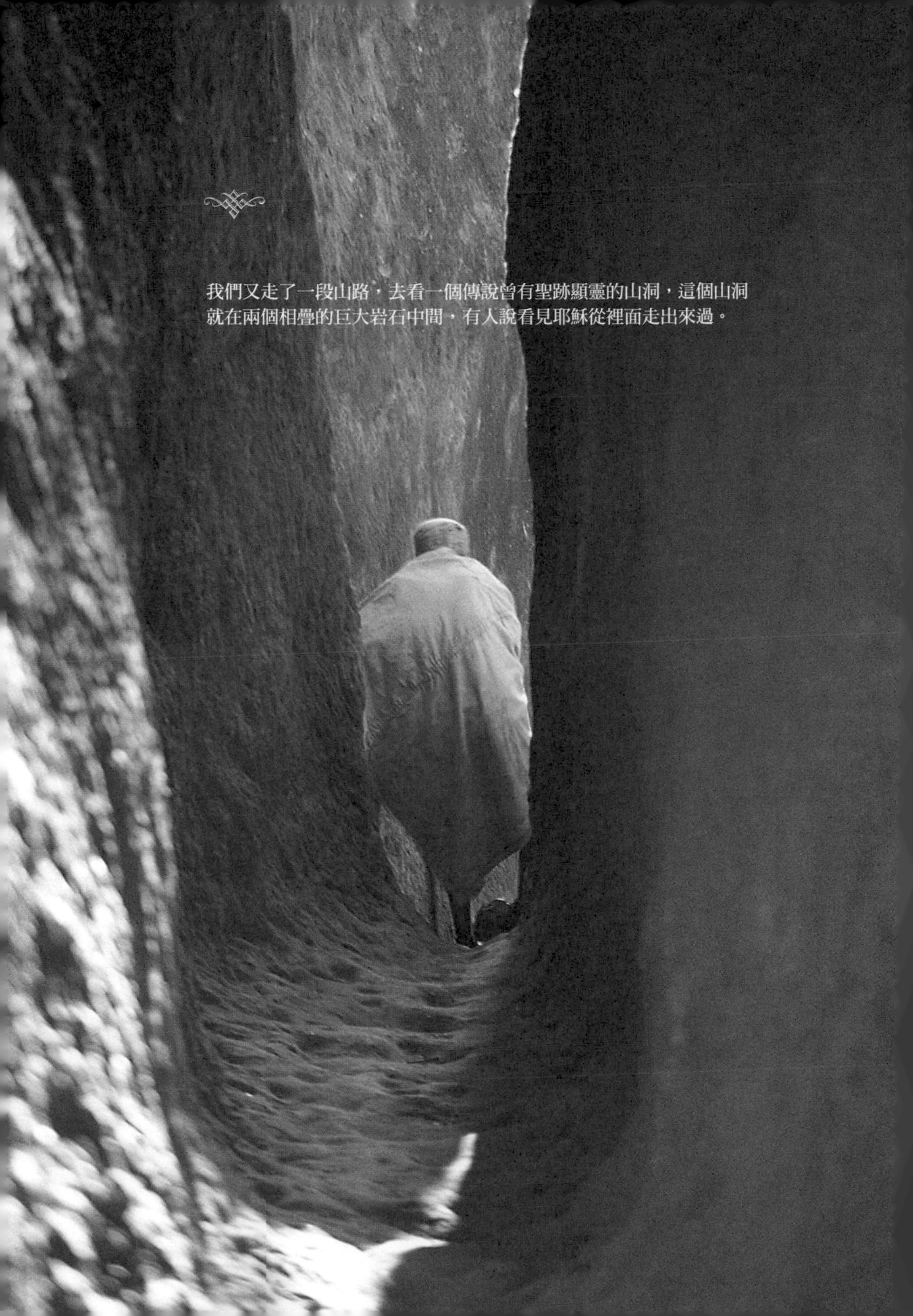

我們又走了一段山路，去看一個傳說曾有聖跡顯靈的山洞，這個山洞就在兩個相疊的巨大岩石中間，有人說看見耶穌從裡面走出來過。

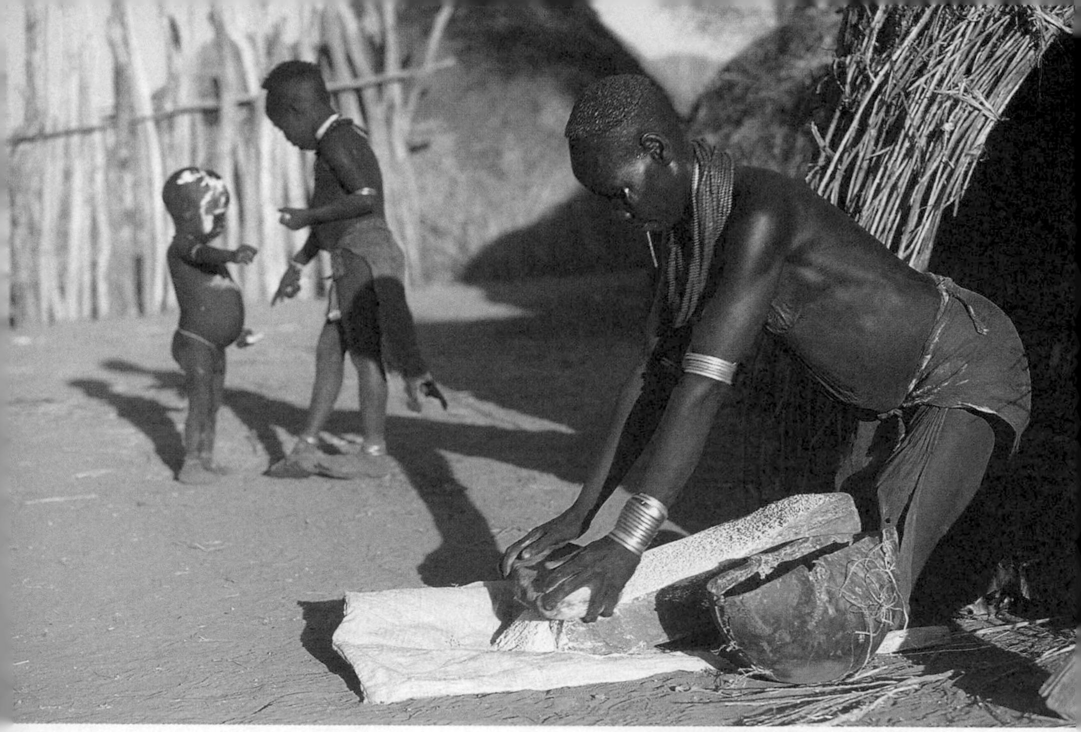

然而，就算是男孩的碗裡或少女的身上，能出現名貴的鞋子衣服，能包裹住他們青澀、萌芽中的肉體，就能遮蔽他們的不安，他們的窘迫嗎？

「請大家穿上衣服，把重要部位遮蔽起來，因為有幾個外國學者即將來訪，天曉得這些文明人會幹出什麼野蠻事來。」

希望，人們不再為貧窮所苦，卻也不因為文明，而麻木不仁；
希望，槍上開出花朵，人們可以和平，卻不輕易妥協。

「這幾十年來的努力，所追求的其實只是能和白人一起並肩坐著看電影，
一起排隊買爆米花和可樂的自由，那麼簡單的夢想而已。」

一個曾被任意地，把吟游和狩獵，說成懶散和野蠻的，純真的伊甸。

我們每個人，其實都生活在自己的街角，一會兒這樣哭，一會兒這樣笑，像一隻陽光下的陰影處，遮涼著的老狗……。

小教堂安靜得出奇，我們自行推開老舊得嘎嘎亂響的木門，一進到昏暗的玄關不知道為什麼，眼前就是有那麼一種沉重黯淡的感覺。

這一定是一首智者之歌，我聽見有人唱著：飛遠的鳥兒們，不信
任與帶著傷口的，都回來吧。黑鳥，回來吧。白鳥，回來吧。

我聽著不同種族的孩子們，一起用童稚的聲音合唱著：「天佑非洲」。他們的歌唱不怎麼準確，也不怎麼整齊，卻有著只有純真，不懂仇恨的聲音，才能表達的和諧。

柯慈的小說裡寫的，「南非的子民。偉大的和渺小的。」

深淵

一

Ｅ的狀況看起來有點糟，就是一夜未眠的樣子。她告訴我，她媽媽的農場裡，遭人入侵，把羊群偷走了。幾天前，有個老太太到她媽媽的農場去按電鈴，當她正要出來詢問時，那個老太太突然飛快的一溜煙跑了。原來那個老太太根本就是一個年輕的男子，幾天後，農場的羊就被偷了。

前一天深夜，Ｅ發現她自己的農場有異樣的聲響，羊群也發出奇怪的叫聲。她想，這些人總算還是找上她了。

Ｅ告訴我，她的祖父多年前就是死於農場搶劫，她的祖母雖然槍口餘生，整個下巴卻被槍枝轟掉了。「我在床頭擺了一把槍，如果他們真的來了，我會開槍和他們拚命，真的。」她的丈夫因為工作關係，經常無法回家過夜，所以她必須盡可能的保護孩子。

E的家族是傳統的南非白人，從祖先自歐洲渡海而來，就開始經營農場，世世代代由黑人替他們工作。但由於不平等的身分和種種因素，黑人開始用他們的方式反動，帶著槍搶劫農場。

黑人執政以後，運用政策使黑人逐漸掌握政府機關，及其他工作機會，白人的生活其實大不如前了，E和丈夫都必須到城裡工作，以支付生活所需，但卻仍不願意輕易放棄經營不易、收入不豐的農場。週末時替羊的耳朵打洞、擠牛奶、做乳酪、種植甜菜根，幾乎已經是他們享受生活的方式。

但是E和她的族人，悠閒的生活背後，其實是更多的恐懼。有些偏遠的農場只剩下一對老夫婦了，被搶劫殺害後，過了一、兩個月才被人發現。但其實，農場裡除了牛羊、蔬菜，沒有更多的財富了。

南非是全世界犯罪率第二高的國家，一年內有超過一萬八千件的謀殺案發生，平均一天五十件，也就是說每半個鐘頭，就有一個人無端的痛苦致死。

我曾經聽一個移居南非超過三十年的台灣太太說過，這三十年來，她被搶劫超過十幾次了，有一次歹徒還把她推到了懸崖邊，讓她跪著，用槍從後面抵著她的頭，她趕緊把一疊錢放頭上，才換回了一條小命。不然，現在她早已成了小小的落石。

墜落，頂多只是揚起一些煙塵、黃土而已。

我沒再向那位太太追問她其餘十幾次被搶劫的經驗，因為她總使我想起像是「深淵」這樣的字眼。俯瞰著眼前陡峭的懸崖，對著深淵發抖、顫慄，甚至有了發笑的感受的，究竟應該是她，還是那些拿著槍，殺人的傢伙？

後來，我一直想告訴E，這似乎是一個，每個人連注視著洗臉盆裡旋轉的水渦時，都會誤以為是深淵的國家。但我終究沒有說出口。

「南非的治安聽說很差？」總是有人這樣問我。世界第二高的犯罪率算不算治安差？然而，某個地方的治安很差的這種說辭，就像是批評某個街頭的女孩髮型有多糟糕一樣，最多只是一種娛樂性的評語。

但是在這裡，犯罪是一種存在，它漸漸影響人們思想、睡覺，甚至是鎖上門窗的方式。每天清晨，這個國家的治安會提供你一些微震的感覺，就像你日日在鏡子裡發現多出一根白頭髮一樣，給你一些假惺惺的憂思，其餘的都只是習慣。

人們早已經習慣和各種矛盾和對立共存，更習慣每個人抱著自己的深淵過日子。

而這個懸崖邊，開著腥紅的花。

二

聽說，有巴索圖的女孩，剛領了薪水加班回家，在黑暗的路上被人搶劫殺害了，被發現時，褲子褪到了一半。也有人在黑人巴士上，被搶奪她辛苦了一個月的所得，她抵死不從的掙扎，卻被刀子砍斷了脖子，丟了錢也丟了命。

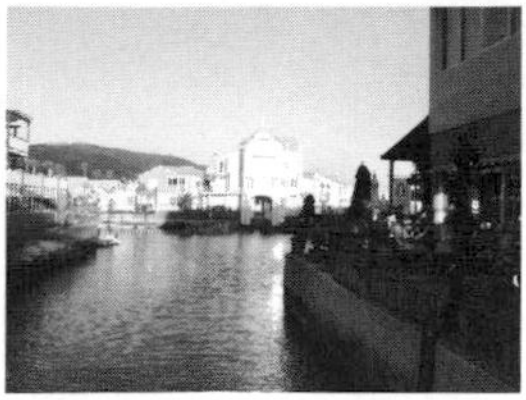

開普敦極富歐洲城市的色彩，
幾乎就是一部帝國殖民的歷史。

幾天之後，一個終生奉獻於研究、推廣黑人祖魯文化的白人歷史學家，死於離奇的凶殺中。人們開始感到羞恥和憤怒，種族隔離的過往歷史，再不能為這個社會提供美好的藉口。黑人執政十多年，眼前這個到處掩埋著腐爛的人類肢體的大地，是那些抱著赴死決心，進行政治抗爭的社會運動者所要的和平嗎？

聽說，有人的店遭搶劫時，除了架上的貨品被搬空了，竟連浴室裡的浴缸、水龍頭，甚至是黏在地上的瓷磚，都沒有放過。

掠奪別人的財富和生命，居然變得像是週五深夜足球賽後，混著啤酒味的打嗝、嘔吐，那樣的亢奮、瘋狂和宣洩嗎？

城市裡有越來越多的年輕黑人男女，開起了價值數百萬的時髦跑車，節奏強烈的美式饒舌音樂，隨著車子狂歡奔馳。而停車場裡顧車的工作，卻換上了更多白人老人，甚至我還在街頭，見過舉著牌子找工作，或乞討的白人壯年。

誰也不能阻止社會階層的流動，然而，我卻忍不住要問，這些在物質的世界裡享樂的年輕黑人男女，真的還能記得給予他們現在所有生活的社會，曾經歷經的苦痛嗎？他們還能體會上一代的抗爭者，所執著追尋的人權的價值嗎？

物質的鮮紅刺目，使人迷戀狂熱，有多少人正在這深淵的峭壁上，攀爬著幾乎要斷裂的繩索？

幾個月後，E農場裡的看門狗又再度地被投毒死了，這通常代表著搶劫計畫的第一步。我不禁的再次為她擔心起來，誰知道不久後，她卻只是笑著告訴我，農場裡的兩隻母豬接連生下了二十頭小豬，「農場裡總有好消息的。」她說。

「誰叫我們是快樂的非洲農夫呢？」

這是我們的非洲，傷口大如漩渦，卻依然日復一日的非洲。

（寫這篇文章時，我正跟著朋友，翻越草比人高的草原，陪著他們在一個樹林中的野外求生遊樂區裡打漆彈。我看著十幾個大人、孩子穿著迷彩裝，戴著頭盔，手拿槍枝，在一堆掩護中有技巧的進攻或防守。

我則是抱著電腦，坐在旁邊的樹影中，靠著岩石，在一陣一陣的槍林彈雨聲中書寫。我忍不住想，就算在平和的日子裡，人們仍然無法忘懷對危險、恐懼的迷戀嗎？

要不了多久，他們的身上都是漆彈螢光染料的彩色，在廢墟似的戰場間顯得如此炫目、美麗，這會是廝殺時的光榮顏色，或者暴力的舞衣？

我在非洲的生活，常可以聽見槍響，但每一次總是先想到島嶼家鄉，年節的鞭炮聲，也許這兩者之間都有著一種難以言喻的，人性的興奮感吧？）

街頭孤兒

在南非開車，總會遇到的特殊現象是，一些街頭孩子會蜂擁而上，替你找停車位，替你顧車子，好賺你的幾塊錢小費。

對於這些街頭孩子，我是從不拒絕的，我總覺得與其讓這些孩子去偷去搶，還不如這樣在寒暑之下，靠著一些勞力付出來支持生活。但漸漸地就有人勸戒我別給這些孩子錢，我這種看似施捨的行為，只會使得街頭更加混亂而已。

我卻沒有辦法這樣去思考。我想起了曾經在約翰尼斯堡的購物中心裡，看見一個大約五歲左右，全身髒兮兮的黑人小孤兒，不斷在大人身邊轉著，等待一些憐憫，不久後，他跟上了一個年齡和他差不多的白人小孩，那小孩的手上，正握著一支純白的香草冰淇淋，當小孤兒的眼睛和舌

物質的空乏，會使這些孩子充滿仇恨，
或者自我拋棄嗎？

頭幾乎要不由自主的碰上那支冰淇淋時，白人小孩的母親一把，就把孩子抱走了。小孤兒沒有哭，但他大大的雙眼，卻是空洞的。

我如何能對這些孤兒，吝嗇幾塊錢？

但不久之後我就發現了，街頭上的那些孩子經常在得了幾塊錢之後，便興高采烈的跑到角落，和幾個同伴玩起賭博遊戲，賭輸了錢，就趕緊再回到街上討生活，不然就得餓肚子，甚至有些孩子學會了喝酒，把錢全花在酒上，顛顛倒倒的走路、叫囂，整個街道都是摔破的酒瓶。

這就是街頭孤兒的生活，除了掙一口飯吃，生命沒有其他的期待，就只好這樣胡亂的宣洩、揮霍。

我居住的小鎮上，有人為這些孩子準備了住所，甚至有慈善單位送他們上學，但要不了多久，他們總會再跑回街上，過這種半乞討的生活。

有一次，我在一家書店前，遇見了一個大約十七、八歲的少年，他雙手合十的哀求我，說他是替我看車子的人，但他急著要離開，拜託我先給他幾塊錢，我給了，卻發現他根本不是原先替我看車子的那個少年。第二次我又在同一個地方遇見他，他仍要向我索錢，我不願再受他的騙了，他居然惡狠狠的報出我的車型、車的顏色和車號，似乎是要告訴我，他記得我是誰了，找機會就能教訓我。

那陣子，剛傳出有人給顧車的孩子兩塊錢，那孩子卻要求五塊錢，那個車主不同意，幾天後，車子就多了幾道刮痕。這個凶惡的少年，大概也想這麼威脅我吧，但我還是把車開走了，他從路邊衝出來，對著我叫罵。

不久後，我在超市外停車場，再度的遇見他，一看見我，他就立刻把手伸出來，向我要錢，然後故意跑到我的車邊徘徊不走，氣得我幾乎要找超市的守衛了，他才假裝若無其事的走開。

我發現自己對於這件事，和這個青年，是感到生氣，甚至憤怒的，但更多的，卻是一種傷心。我明白這些孩子，是如何在街頭的弱肉強食、冷淡和沉淪中，掙扎著成長的，也明白這是這個曾經不公平的社會，所帶來的不幸。然而，我自以為是的悲憫，卻可能只被他們視為理所當然的奉獻。他們要求得更多，卻不懂得如何用這些撐住自己，不再往下掉落。

我想起了剛到非洲時，幾個小孩子對著我們扔石頭，唱著「你們口袋都是錢」的歌謠，甚至還脫下褲子，光著屁股對我們搖啊搖的。因為貧窮，使他們對物質感到痛恨嗎？在他們的舊衣破帽前，我們總是負罪的。

所以，當他們乞討，然後把這些錢用最沒有意義的方式虛擲掉，或揮舞著拳頭，厚著顏面要錢時，會產生一種正對我們的同情心，進行報復的美好感受嗎？

過了這麼久，我仍然無法回答自己的問題。但到現在，我還是持續地給這些街頭的孩子幾塊錢，繼續忍受著他們經常拿了錢就跑，而不幫忙辦事的習性。只是，我不再認為自己是什麼愛心，或者施予了，這些是無法解決孤兒問題的，而且，我總還有一些莫名的，無趣的罪惡感。

邊陲之花

在南非有一種叫Protea的花，用比較科學的方法來說，她是一種山龍眼科的喬木。據說，早在三億年前，她和她的家族就已經出現在地球上，可能是目前最古老的植物之一。光在南非，她就有近四百種不同的樣貌，她可以忍耐各種土壤、溫度，甚至可以同時在乾旱和雨林中，在高山和海岸邊生存。

我在桌山上看見她的時候，她正開放在巨大的岩石之上，沒有其他花朵妍麗、柔美的花瓣，反而像是一把被棄置在貧瘠荒野中，仍熊烈燃燒的花焰。

但這不是我第一次看見她。還在台灣的時候，T的畫室裡就有一束。「這叫帝王花。」她告訴我，為了這束花，她總得騎上一個鐘頭的摩托

巴索圖文化村的歌者，
唱著離別卻歡悅的歌。

車，到內湖花市去買。她讓我看了幾幅和帝王花有關的作品，在黑暗的底色之上，一朵紫白色的花彷彿在無聲的地方，孤單的爆裂、降生。

我一直很喜歡T作畫的方式，炭筆顫動的粗大線條，總讓我想起憤怒的少年，裸身衝向街頭，向群眾宣喊的那種年代。後來，T去了紐約，幾個月以後，給身在非洲的我寫信：「有時，我真的很懷疑，紐約的黑人，已不再是非洲的黑人了。」她說。

而我該怎麼跟她敘述，我曾在街上看見聚集的青少年，他們都戴著耳機，和諧地跳舞，口中唱的是紐約現在最流行的嘻哈？我真正的懷疑是，也許非洲的黑人，也不再是非洲的黑人了。

然而，誰能評斷好壞呢？時尚流行、連鎖速食店、高速鐵路和摩天大樓，不是我們原先就喜歡的城市光罩嗎？

但我可以確信，非洲的黑人，暫時還不會變成紐約那些。我常想起那個坐擁超過五億美金財富，和甜美笑容的魔術強森，在最先進的醫療團隊照護之下，體內的愛滋病毒再也不見蹤影。而在非洲，大多數的病患只能接受遺棄、羞愧般，無可抗力的死亡。就算在這種情形之下，政府依舊拒絕著外國救援的低價藥物，原因是，擔心西方國家藉此而來的經濟霸權和陰謀宰制。

這是因為，自由比生命更可貴？

南非的青年小說家可·謝洛·杜克在《夢的沉靜暴力》中寫道，每個民族都有他自己的傷痛，美國原住民的，和非裔美國人的不同；而非裔美國人的，也和非洲人的不同。南非的黑人永遠會記得荷蘭裔的白人曾給他們的傷害，而荷蘭裔的白人，也永遠忘不了在布耳戰爭中，英國人又是如何將他們的孩童與婦女關入集中營裡。「還有英國人自己的傷痛呢？只是歷史太過沉默，以至於不會告解，或者原諒。」他說。

然而，我知道這是一個在自己傷痛中，尋找治療的民族。一個在情人節裡沒有巧克力鮮花的廣告，卻宣揚著超越種族的，和平的愛的社會。

我想，我該這樣告訴T，這些都是在惡劣的礫石中，仍堅韌崢嶸著光芒的，不尋常的花朵。

石頭與野花

七月，我在窗前等待一場雪。這是南半球的冬天，非洲大地上的綠草全都因為寒冷和過分的乾燥而焦黃，有時僅是一點的野火，便燎燒了整片沒有盡頭的草原。當春天的第一場雨來時，牛羊聚集在水窪處飲水，枯草則在一瞬間又綠了起來，於是，在荒原裡最令人心驚的，竟是那些隨處歪斜或挺立著，死去的樹木。

雖然已經死去，但它們卻反倒可以永恆地站在那裡似的，乾硬。因此，我總忍不住會想，造成非洲悲壯孤傲的裂土大地形象的，應該就是這酷寒與激熱的惡劣氣候。

我所居住的小鎮上，有一家非洲風格的藝品小鋪，裡面賣著一種傳統，奇準無比的「氣象石」。上面的說明書教你，把圓圓小小的石頭放置在手掌心上，然後把手伸出窗外，小石頭就能為你預告天氣：如果石頭是熱的，表示天氣晴朗；石頭是冷的，表示刮風；石頭是濕的，表示正在下雨；石頭是白的，表示正在下雪；如果你看不見石頭，那就表示天黑了。

這「廢話連篇」的「氣象石」使得我會心一笑，卻也不禁佩服在這極端難耐，且變幻無常的天候裡，還有人，仍保持著這種樂觀幽默。

也許這就是與自然為伍的人們，悠遠的生活智慧吧！在這裡，一些年長的黑人婦女總會教導你，院子裡蔓生的哪些雜草，其實是她們的美味佳餚；石榴皮煮成湯，可以治療孩子的腸胃疾病；部落裡的女人在懷孕時，會採集吞食某種石礫，以補充欠缺的礦物質。

我甚至聽說，在非洲的某個地方，因為過分乾旱，當地的住民每天必須步行來回約四十公里的路程，到沙漠中去取一小袋水，他們利用大石堆成窯穴，使地底蒸發上來的水氣，在其陰涼中凝結成的水，以養活一家人。這套創造水源的設備不僅符合科學概念，而且，這屬於曠野的文明，比早已經習慣便利生活的我們，更多了一種順應著環境，而激發出來的力量。

大地裡，開放出粉紅色，蝴蝶般，叫波斯菊的野花，
似乎在告訴我們，苦旱的世界裡，也有生命的驚喜。

在我們這附近的高原，四月初秋時節，便會遍地蔓延地，開出一種叫Cosmos的野花，粉紅色薄如蝴蝶翅膀的花瓣，以不可思議的數量，占領了大地。它們總像迎風飄動地告訴我，青春和希望也可能是這樣，從這礫石遍佈，且苦旱的世界裡，湧動出來。

於是，我們再不輕易感到悲苦，石頭和野花都教會我們驚喜的生命。

在秋草的天空下

這件事是幾個在非洲出生成長的台灣孩子，跟我學中文時說的：他們在非洲的同學以為台灣什麼都沒有，沒有山、沒有雨、沒有河流，當然也沒有雄渾壯偉的夕陽。但他們在台灣的朋友卻會說：「你們在非洲都騎大象上學嗎？」

我相信這件事顯示了孩子們心中，對自己所身處家園環境的驕傲。非洲的孩子自豪的是蓬勃的大山、雹雨、河流和夕陽，而台灣的孩子高興的則是都市裡，便利的捷運和高級的轎車。

生活或觀察非洲，我總必須不斷提醒自己小心無謂的偏執，畢竟，早時候歐洲人那些什麼土著吃人，雙頭大恐龍的純幻想冒險小說已經寫得太多太多了。但我卻也強忍不住，對這荒野大地感到癡迷。

原野上長出像麥稈一樣，金黃色的秋草，在巴索圖人的語言裡，這秋草的名字發音就像中文的「暖」字，是大地苦煉中的恩賜。

我常常想起賴索托的深山裡，用貝殼替人占卜的老人。由於居住偏遠的山區，那裡的居民可能一生都不曾見過大海來的東西，於是，老人的巫術，其實就是人類對陌生的世界，一種神妙的魅惑吧。

而這片大地給我下的巫術，還不只是因為未知的魅力。還有深深的苦煉和恩賜。

眼前，整片原野長出了像麥稈一樣，金黃色的秋草，在當地巴索圖人的語言裡，這秋草的名字發音就像中文的「暖」字，而他們用「暖」來建造房子的屋頂，再用石塊和黏土來蓋屋身。用「暖」草製成的屋頂不僅耐用堅固，而且冬暖夏涼，能夠抵擋強烈的寒冷或酷熱，這遍地亂長的秋草，即是大地苦煉中的恩賜。

因此，現在就算在市區，餐廳、民宿、遊樂區甚至是自家宅院，都流行用「暖」來蓋個小草屋，以標示非洲的特色。但我也曾經拜訪過山區裡的草屋，他們不是因為時髦復古，或者熱愛傳統建築，而是世世代代都居住在那裡。

窄小約兩坪大的房子裡，擠著一家人的客廳、房間和廚房。一個

七、八歲癱瘓的孩子就躺在冷冷的地板上，沒有大人的照護，屎尿滿地。

後來，我們在路口遇見孩子的母親剛從教堂裡回來，她央託一個穿學生制服的小女孩，用英文感謝我們的探視，然後又拚命地點頭，用她的語言向我們致謝。

回到鎮上，幾個乞討的孩子圍上來，年紀較大的，為了搶奪我們掏出來的幾塊零錢，用鞭子鞭打、驅趕年紀較小的孩子。

一群衣著整齊乾淨的幼稚園孩子，在老師的帶領下過馬路，他們牽著抱著大人的身體，幸福的笑鬧著。

我不禁想起了那些在秋日清朗的天空下，互相擠著，隨風搖蕩的「暖」草。想起這些非洲的孩子，在艱難困苦的生活中，是否也會記起大地未曾絕人之路的溫暖恩惠？

在都市物質欲望向非洲擴張的今日和明日，孩子們仍會為美麗的大山大水持續多少驕傲？

一個紮著小辮子的小女孩微笑著向我揮手，我在心中暗自祈禱，有一天她會對我說：你們台灣都沒有這種草，它可以為我們遮風避雨……。

毛毛蟲

我的花園裡有一種植物，葉子細長飽實，上面有小小突起的顆粒，看上去就像是一隻綠色的毛毛蟲，它的花是紫色的，像塑膠材質一樣光滑，不怕風吹日曬。

起先，我向朋友要了幾把「毛毛蟲」，只是隨手攀折下來的，並非從土裡連根挖起，然後再胡亂地往院子裡的小路邊丟著。沒想到一、兩個月後，它們不僅生氣盎然的活著，甚至蔓延、占據了我的小徑。

後來我才發現，非洲乾旱的沙石地裡，到處是這些豔麗，放射狀開放著的小紫花，在陽光下閃爍。

「這種植物，就是賤命。」朋友說。我卻不禁覺得滿腹委屈起來。賤命，指的當然是不值錢的意思。這些毛毛蟲隨處都有，繁衍速度驚人，更不需要任何種植的技術，然而，人們總比較喜歡那些數量稀少，既怕寒也怕熱，溫室裡不好伺候的嬌嫩植物。

這使我想起一種叫Rooibos的植物，它在十九世紀就被歐洲移民拿來製茶，而它的名字其實就是「Red Bush」的荷蘭發音。據說，這種生長在野外的茶樹，不但不容易適應人工栽植的環境，而且種子成熟掉落的速度非常快，不利人工採收，所以顯得珍貴。不過，更重要的，恐怕還是醫學報告上那些，抗老、防癌、減肥等會令都市裡的人們忍不住欣喜的字眼吧。

其實，Rooibos並不是那種天生難纏，生存力薄弱的植物，它的高貴是因為被強制的挪進了人類的田園，適應不良所造成的。也因為它擁有茶葉銷售、促進健康的經濟功能，所以絕對稱得上是一種有「身價」的植物。

這就是人類眼中，一直以為的大自然，貧賤的，與富貴的。

此時，朋友家中的園丁男孩完成了工作，用空的寶特瓶從澆花的水龍頭接水喝，和種族隔離時代的男孩一樣，替別人割草皮、種樹，賺取微薄的零用金。他們一樣貧窮，一樣卑微，但還好，現在的他還擁有一些別的，在窮困與富有清楚的界線之外。

在貧窮中生活的少年，
至少還擁有著自由和堅強奮鬥的可愛。

是自由吧，我想。

不再被圈養在固定的地方，或者種族的符號之下，反而像是在大地中，從無根的狀態下，開始定根，並且隨自己的意志蔓生到四方的紫色「毛毛蟲」。這「賤命」的男孩，倒使得在幸福中偷生、怯懦，卻自以為嬌貴的我們，發現了自由和奮鬥的可愛。

買電視

傍晚時分，我在大門的欄杆縫間發現了一封律師信函，通知我因為遲繳今年分的電視執照，可能遭到政府的起訴，六個月的徒刑或者嚴重的罰款，不用說，整封信都是強烈威脅的字眼。

電視執照是我在南非買電視機時才第一次遇到的新東西，也就是說在這裡你得先繳交約一千多塊台幣的執照費用，才能合法的買電視，而且從此以後你得每年更換一次新的執照，據說這套法律是師法曾殖民這裡的英國政府的，所有的收入都用以支持三個國家電視台。

我雖然也不免對於「看電視也需要執照」這種事感到奇怪，但並不反對花一點錢幫忙支撐這幾個努力超越種族，尋找建立新南非價值和文化概念的電視台。畢竟我自己也曾經被一群黑人白人小孩裝扮成一種叫Meerkat

的動物，在草原上瞪大眼睛、守護家園的形象廣告感動過，也曾在深夜享受南非多元的部落音樂和現代流行結合的歌曲。

然而，我卻沒有辦法確認這封律師信函是否真是發給我的，首先是收信人雖然也姓Lin，名字卻不是我的，再加上從去年我到郵局繳了第一次電視執照費用後，我從來沒有收到過任何卡片或資料，所以無從查對，更重要的是，我還沒有收過任何繳費通知，所以應該還不至於要用到這種「最後通牒」吧？

我的一個朋友說，他們家十幾年不看電視了，所以慎重其事地寫封信給電視執照單位表明不再繳錢換照了，結果他得到的回答是：不看電視也得付錢。也就是只要你們家的倉庫裡有部電視機（不管還能不能看）你就必須乖乖交錢。他還說，他曾經在廣播節目裡聽過一個廣告，內容大概是說，一個喜歡跳傘的戶外運動專家突然失蹤了，為什麼呢？因為他沒繳交電視執照的費用！

我開始考慮要不要狠下心把電視砸爛，而且還要砸到沒有一點電視機的形狀，不然還是要繼續繳錢，繼續遭到恐嚇。

隔天我總算用電話確認了這封律師信的確是給我的，並且毫無抵抗的上郵局匯錢，因為我不打算為了看電視這種小事坐牢或者失蹤。

其實對這一切，特別是他們居然寄了一封連名字都搞錯的律師信函，給我這個連自己的卡號都不知道的消費者這件事，我一點都不感到訝異，畢竟在這個做什麼事都悠悠哉哉、鬆鬆散散的地方來說，沒有什麼事是不荒唐的。

這樣說吧，當你到餐廳用餐，當你點完餐點，等候了半個鐘頭以後送上來的食物，通常很少是你要的。

我的一個朋友因為把車子停在路邊講手機，就被開了一張邊開車邊講電話的罰單，大概是因為他的另一隻手沒離開方向盤。

另一個朋友則因為超速被警察攔了下來，由於在這裡很多人都習慣用一點小費打發警察，他便問了：「你要多少？」那警察舉起三根手指回答：「公訂價三十元。」朋友摸了摸口袋，發現自己只有一張一百元的鈔票，沒想到這警察並沒有取走他的一百元，而是找了他七十元。收取賄金，卻還有找錢服務的，恐怕也還算得上是老實誠懇，交易公平吧。

幾年前我聽過我們這個鎮上的一個笑話，說是四個年輕人跑進了一戶台灣人的家中偷竊，由於無法打開保險箱的門，只好四個人一起扛著沉重的保險箱在路上走，因為樣子太可笑，所以剛出門沒幾分鐘就被警察給逮捕了。後來，我認識這故事的當事人才聽說，結果他保險箱裡那些被當成證物的貴重物品，都在警察局裡搞丟了，而四個單純的搶匪因為上了大學而一再延緩判決，幾年後他收到一封來自他們的信件，信上，說了道歉。

也許是這個故事，使我漸漸對生活中的光怪陸離和矛盾感到自在，甚至微笑。畢竟，這是一個好不容易才把一個不符合公理正義的生存規則，徹底破壞的地方，每個人都還在學習，如何在秩序的邊上走，可以走得靈巧又不過分無情。

我想，我是在懶散中看見了一點純真，在貪求中，又看見了一點傻勁吧。

這裡就像原本關在籠子的鳥剛開始接觸天空，本來就必須學怎麼飛，而我們則學習等待跟放寬心。不過，我也得花時間想想該把電視脫手賣給誰，以求未來的安靜與平安。

我在非洲遇見的一個人

我有一個吸在冰箱上的磁鐵，是我剛到非洲時在一個小店裡買的。那上面有一個黏土塑成的女人，綁著頭巾，披著毛毯，「我在非洲遇見的一個人。」上面寫著。

巴索圖的婦女，喜歡用她們部落傳統花色的布料，裁剪成頭巾，和寬鬆的衣袍，有時也做成蓬蓬袖子的連身裙裝，秋冬時，幾乎人人都會在肩上披著羊毛毯子。

開始的時候，我總是想多了解這些巴索圖的婦人，她們有著總能把什麼東西都頂在頭上行走的本領，就像我們曾看過的那些非洲版畫一樣，她們把取水的水缸頂在頭上，還能騰出手來抱著嬰兒。直至今日，她們仍然把裝著蔬菜的籃子頂著，甚至是沉重的行李箱，或者林間砍下來的枝條都

巴索圖的傳統屋子，
在寬闊的天地間立著。

這樣頂著回家。

我曾經問過她們，是怎麼辨到的，那婦人居然驚訝的反問我：難道妳不會嗎？

我怎能不被這些巴索圖婦人吸引？她們回家的隊伍，在非洲的劇烈的夕陽下，看起來像是一株株乾枯後的向日葵，竟比鮮黃盛開時更動人壯觀，她們更能顯出這大草原生活的艱難和豐沛。

所以，我試著學了幾句巴索圖語：「打爹」是先生、「阿布幾」是少年、「五妹」是婦人、「美基」是水、「都妹拉」是早安，而「佳里呼哈」是謝謝。

只是我幾乎無法從這個語言裡找到任何邏輯，倒是遇見不少巧合，例如巴索圖語言裡的「還有」就是沒有的意思，假如你要買一樣東西，卻沒存貨了，他們就會告訴你：「還有！還有！還有！」

至於「走雞」指的則是小偷，用走路的雞來形容小偷，還頗為貼切呢！

一次，我在咖啡館裡遇見一個年輕的巴索圖女孩，她的臉色糟糕透了。「我懷孕了。」她說，似乎有許多的傷心。後來她告訴我，台灣男人真好，負責任，而且會努力工作。巴索圖男人可就不一樣了，他們喜歡賴皮、貪圖享受，「而且有太多『野雞』。」她幾乎是一邊反胃噁心說這些話的。

「野雞？」我差點笑了出來。後來才知道，「野雞」是巴索圖語，「外面的女人」的意思。

我想起了另一個巴索圖女人也曾經告訴我，她當警察的先生從來不拿錢回家的，「太多啤酒，太多野雞。」她說。

後來我就不再覺得好笑。這些乾枯的向日葵將被採摘，被壓榨成油。她們因此失去了美貌和青春，卻沒有應有的疼惜。我看著那個磁鐵上的泥塑娃娃，卻是那麼認命，收斂的笑著。

在天寬地闊的荒野中的老人，是布希曼人的後代，
而他的祖先，原是這大山的主人，這大山的神。

布希曼人與羚羊

我對布希曼人的興趣，是從《蘋果的滋味》這本小說的幾句話開始的。

「法芮祺說他的古魯提爺爺以往習慣於讓獵人去獵殺他們在席德堡農場上的土人。人們從開普敦到這兒來，他們射殺一個布希曼人需要付上二十鎊。如果他們想多獵殺，那麼就必須多付二十鎊。」

我忍不住的想，是什麼使他們聊起獵殺布希曼人的往事時，口吻輕鬆，就像是一場英雄記述？

布希曼人是從上千年前就居住在南部非洲的族民，又稱為「閃族」，一直到二十世紀，他們還維持著原始游獵的生活型態。後來，殖民者和拓荒者用農場的型態，高度利用了他們藏身的山林，使得他們不得不消逝，或溶解在新時代的文明裡。

而他們曾經被視為「野蠻土人」，被任意的射擊，就如同射擊一頭羚羊或公牛一樣，那麼容易，那麼值得喝采。

但是，布希曼人雖然拱手讓出了叢林，卻沒有被沉寂的消去。人們在南部非洲的峭壁山洞裡，發現了數萬處，他們遺留下來的岩石壁畫，而多數集中在龍山山脈這個區域。

這些岩畫是運用自然界的天然物質，如動物的血、木炭或高嶺土中的鐵質畫成的。根據研究者的說法，布希曼人在可棲身的岩洞裡作畫，並不只是像多數原始部族那樣，記錄日常生活和狩獵的情形。多半的時候，他們的繪畫可能代表著一種宗教祭祀，當他們離開肉體，出竅於神靈的世界，恍惚的舞蹈時，與羚羊的力量結合在一起，成為大自然循環裡的一員。這也是為什麼這些畫裡，總是充滿了許多羚羊。

布希曼人的原始壁畫，
展現出部族的靈動跳躍。

為了親眼看見這些布希曼人的壁畫，我決定去探訪其中的一處。第一次，我的確攀爬了這座，其實是由許多巨型岩石堆疊而成的山，石壁間長出一些葉子細小、乾硬的灌木（Bush，也是Bushman布希曼人的由來）。但我卻走錯了路，誤闖了幾戶泥造小屋，幾個老婦人坐在門口，揮手微笑，露著缺牙的嘴。我沒想過，居然還有人居住在這樣孤僻的山壁邊，他們會是布希曼人的孩子嗎？

離這幾戶人家不遠的地方，長著一棵高聳的仙人掌，有些部分長得太長了，折斷了，掉落到地面，還一面腐爛一面發出新的生命。會不會有一個布希曼人，曾經在這群粗大的尖刺前，獵殺過一隻羚羊，卻也曾經遭到槍擊，像羚羊一樣，重重的跌仆在這黃土之上？

這彎彎曲曲爭著向天的仙人掌，幾乎長成一棵大樹了，它代表了時間，卻也代表了時間的無能，它無法解救任何一隻羊，或者任何一個人。

第二次再度造訪，我才終於攀上了那個隱藏著布希曼人岩畫的岩石凹洞，我是如此驚異，那紅色的痕跡經過風吹雨淋，居然仍鮮明地附在平滑的石壁上。而上面所描繪的人物，都有著特別圓翹的臀部，細長的身體，並強調著超過一般比例修長的、適合於跳躍的雙腿，他們排列在一起，使我想起了他們的魂靈和羚羊是彼此相同的，於是他們面臨著同樣的滅殺的命運，卻也同樣有著奔跑山林的速度和天賦。

我又想起那老舊泥屋前的老婦了，也許下次她會對我說：我的和羚羊的祖靈，原是這大山的主人，這大山的神。

天佑非洲

上天啊，請求祢保護我們的國家
請求祢終止所有的衝突
保護我們的國家，保佑南非

回聲自我們藍色的天堂而來
自我們深沉的海底而來
直到我們歌聲迴盪的峭壁
永恆的山巒

E在學校裡教導的孩子們，有各種膚色。年底小朋友期末表演時，她特別請我友情贊助，陪他們一起演出小紅帽的故事，而我當然是那個小紅帽，另一個葡萄牙的男人，則成了聖誕老人。

其中一段節目，小朋友們扮成了一支叫做跳羚隊的橄欖球隊，他們獲得了冠軍獎盃，在眾人歡呼聲中，一同高唱了南非國歌。我聽著不同種族的孩子們，一起用童稚的聲音合唱著：天佑非洲，讓它的榮耀高高揚起，請聆聽我們的祈求，保佑我們——您的孩子。他們的歌唱不怎麼準確，也不怎麼整齊，卻有著只有純真，不懂仇恨的聲音，才能表達的和諧。

「這是新的國歌。」E告訴我，在南非，什麼都是新的。

南非的國歌是用十多種官方語言中，最常使用的：科伊薩、祖魯、巴索圖語、南非文和英文所組成的。而它的主體，原先是一個科伊薩族的音樂家，為教堂所寫的一首讚歌，「天佑非洲，讓它的犄角高高揚起……」它的開頭是這麼唱的。然後他開始祈禱上帝，保佑他們的酋長，使他們敬畏祖靈，保佑青年、妻子、農作物和牛羊，祈求上帝消除貧窮、疾病和罪惡。

那是十九世紀末，他的音樂安撫了在被殖民中，痛苦生活的非洲子

上天和祖靈的力量，將籠罩在這片落日時，
紫色的天空之上，在永恆的山巒之上。天佑非洲。

民，開始以各種族語在不同部落裡傳唱起來。

後來，曼德拉執政，正式將它列為國歌，與舊國歌並存，幾年後，新政府再把新、舊國歌合編成一首，象徵新的世界與舊的統治，和平的交手。

假如你仔細聆聽這首曲子，就會發現它是由兩個不同的調子組合而成的。在中間的部分，由新國歌的調子，轉入舊國歌的調子。它們並沒有被強制改變以配合對方，而是保留「差異」並排在一起。

但是，後來我們又聊起關於國歌的話題，E告訴我，她的丈夫、姊妹、父母，沒有一個人願意接受這一首「黑人」的國歌。E的家族世代經營農場，非常標準的南非白人的生活。但她開玩笑的告訴我，自己可能無法從父母那裡繼承任何財產了，「因為我的家人，他們不能接受我教育這些黑人孩子，我父親非常生氣，甚至不願意和我談這些事。」她說，她的姊妹至今仍把小孩送到只有白人的學校讀書。

E說，她卻覺得自己應該像陽光，或者鹽。陽光照耀萬物時，是不分別種族，不分你我的，而鹽，永遠必須和各種材料調味在一起。

看著成群的黑人孩子在她的教室裡，無邪的玩著鬧著，我的心裡響起了那句「天佑非洲！」我忍不住喜歡起那首混合了各種語言，混合久遠以前的，和現今的，南非人充滿不捨不忍，祈求自由和擁抱的，國家之詩。

我知道，上天和祖靈的力量，將籠罩在這片落日時，紫色的天空之上，在永恆的山巒之上。

天佑非洲。

野獸

沒有野獸。

向朋友敘述我在非洲的生活時，總是必須花上一些時間解釋，我居住的地方，每天購物的街道附近，真的沒有野獸。

雖然，我們會在公路上看見被汽車撞死的野鹿，但我懷疑牠們是否見過真正的掠食者，真正的殺戮。

然而，我倒是見過一隻傲慢的劍羚，走路時將腳蹄高高地抬起，然後再輕盈地放下。看著牠黑、白、棕色形成幾何圖形的臉，我驚然想起原始部族在儀典時，塗著顏料的面具。竟會是這草原上尊貴的舞者，啟發了人類模仿大自然，和藝術的衝動嗎？

我想起了演化論大師達爾文的孤寂。那時的人們，在報紙的漫畫上，把他的臉畫成猴子，用以譏笑他那人類可能與野獸系出同源的生物理論。是上帝創造了我們，而不是猩猩狒狒，人們會這麼高聲反駁。達爾文早該明白的，任何人都寧願自己是眾神的後代，而不是野獸的。

一隻母獵豹帶著她稚齡的孩子們，用她超越世界的奔跑，撲倒一匹羚羊，本來她們應該飽餐一頓的，但貪婪而飢餓的鬣狗卻突然出現，掠奪了她們等待多日的食物。孩子們哀哭著，母親只能靜靜地舔濕她們的額毛。

一隻公猩猩幾經戰鬥，終於擊退了年輕的競爭者，得以和母猩猩交配，他的眼窩、鼻子和身體都流著鮮血，用最後一絲氣力同時完成他淒美的歡愛與死亡。

人們正慶幸，這是野獸的生命，不是我們的。我們仍然可以繼續躺臥在沙發裡，觀賞電視上的紀錄片裡，牠們之間永無止盡的殺伐，繼續宣揚我們關於「人道」的信仰。

然而，我彷彿聽見，傍晚的部落裡正舉行一場喪禮，年長的女人用她高亢的聲音在天地間叫喊著，那不是一種哭，也不是一種笑，卻更像是野獸的呼嚎。而舉著動物毛皮製成的盾牌的男人，開始激烈的跺腳舞蹈，像一隻哀痛的牛、馬或者大象。這是人類文明的起始，他們從野獸的身上，學習表達和表演，學習生存的勇氣。

無論是野獸的，或人類的地盤上，生死競擇的追逐，挨餓或飽足的機運遊戲，不都始終輪番演著？沒有什麼好特別覺得傷心或訝異的，在活著的這場比賽裡，我們必須學著看淡勝利，習慣失敗。

因此，我想現在，就算是達爾文也會同意，「野獸」指稱的不只是一群遊蕩、殘忍的物種，而是你我其實都熟悉不過的，肉搏的現實主義。

也因為這樣，我不會為了在打鬥中死去的野獸傷心，卻為了牠的衰老而難受，畢竟，不能真正的戰鬥，有時，也是一種孤獨。

沒有野獸？在我的私人辭典裡，野獸其實無所不在。

時間的硬度

一

我去過兩次慶伯利，每一次的感覺都是熱得難受。那像是一個焚燒中的城鎮，熱得像是誰揪住你的頭髮，使你無法恣意活動。

慶伯利是著名的鑽石鎮，一八七一年人們在這裡發現一顆鑽石，接下來的一百多年間人們就開始不斷在這個地方挖掘，他們挖掉了一座山，最後還挖出了一個世界上最大的人工洞。

每個到慶伯利參觀的人，都不免要去看看這個巨大，山谷般的大洞。據說，這個大洞曾經挖掘出上億克拉的鑽石，其中還包括八十幾克拉的巨鑽。我只看了這個大洞一眼，便轉身離開了，我無法一下子說清楚那些關

慶伯利至今仍保留著挖掘鑽石礦時，
那種歐洲小鎮的格調，但時間卻使得它格外寂涼。

於財富、貪婪的思想，但這個人性的大洞，看上去總有些寂然，好像不管你向它投擲什麼，都無法發出回聲。

慶伯利的全盛時期曾經吸引好幾萬的外來人口，多半是淘金客和廉價勞工，那些礦工們貧病交迫的故事總是不能引起比鑽石的美，更大的驚呼。但這終究曾經是一個繁華的小鎮，如今只是黃沙和燥熱而已了。

那些從礦坑裡挖掘出來，被廢棄的沙土就這樣收攏、堆疊成一面龐然綿延的山壁，這就是我們人類的歷史，我們總是極力斂取我們想要用的，但真正遺留下來的，卻全是被我們廢棄的。

據那些曾深入地下幾公尺的礦坑參觀的朋友說，地底的空氣稀薄，溫度更有四十度以上，人們當然能因此更加體會那些付出勞力，付出生命，卻幫助某些人坐擁富貴的礦工的悲傷。但我卻想起了慶伯利的熱，那是欲望的灼傷，潰爛時的熱氣。

這大洞的上空，似乎有隻盤旋的禿鷹。

二

原則上，慶伯利像是一個已經凋謝的小鎮。但是它不是花瓣凋落，一一腐爛的那種，它倒是整朵花失水，乾燥了。

人們總是說，鑽石的價值在於永久的保存，好像是在說，鑽石的光澤可以戰勝時間。但是，時間是如此的堅持、孤傲，它有的不只是光澤，也是塵土；不只是清涼，也是灼熱。

是時間，形成了鑽石。是鑽石使這個城鎮繁榮，也使它疲老。

我們在大洞的附近，參觀了鑽石博物館，裡面有一些假的鑽石模型，和鑽石如何成形，以及地質的動態介紹。

此外還有一個區域保留了十九世紀末這個鑽石城的風貌，像是一間間的小店，製鞋匠的店、服飾帽子店或瓷器用具等，這是當時歐洲移民所居住和生活的情形，鑽石帶給他們幸福，使仕女們仍穿著禮服，戴著羽毛帽子，喝著英國早茶，或者唱歌跳舞。

經過了花園，馬廄裡有一個小小的保齡球道，無論是球或者球瓶都是木頭刻成的，當球擊倒了瓶子以後，得用人工的方式，一一的擺回去。同行的人都輪流的試了這個百年前的娛樂遊戲，木球在滾動時發出了激烈的聲響，我總覺得它執著地向前衝去，目標卻不只是瓶子，也是時光，和時間的塵。

（但那顆球什麼也沒擊中。）

當那些歐洲人在這裡遊樂嬉戲時，他們是否記得外面的烈日下，有一群人正在將非洲的大地，挖掘出一個無比的大洞，為了尋找一顆耀眼的鑽石，好在某個歐洲貴婦的胸前，在華美歡樂的晚宴上，換取眾人欣羨的目光？

但這一切終究歸於死寂了，剩下一個過氣的礦山，和老舊的博物館。只有時間，仍以堅硬之姿，守著它早已預知的美貌和破敗。

三

塞西爾·羅德在慶伯利創立了得比爾公司，幾乎是當時南非最大的鑽石公司，也使得他在二十多歲就成了富商巨賈。後來，他還成了開普殖民地的總理，甚至用投機的方式，取得大批土地，成立了南、北羅德西亞，也就是今天的尚比亞和辛巴威。

羅德總是嚷著要用他的財富，為祖國英國在非洲建立廣大的統治權，但其實也就是替英國人掠奪非洲農業、礦業的資源。為了和布耳人爭取金礦的採礦權，羅德暗中資助暴動事件，事件敗露後，他失去了總理的位置，也間接造成了後來，流血的布耳戰爭。

羅德是在鑽石的光輝下竄起，也是在不顧一切的欲念中沉沒的。他一心想為祖國提供強大的力量，用以控制全世界，他始終都像個愛國英雄般的活著。但誰知道呢？也許他從沒改變一個冒險進取，卻也貪婪機巧的淘金客的嘴臉。

慶伯利綻開著紫薇花，
使這沒落的鑽石城鎮，有了另一種溫暖。

我第二次到慶伯利時，在春天的街道邊，正開放著普利托利亞最聞名的紫薇花，高大的樹上結著紫色的、細碎的花朵，順著風飄落在人行道，和周圍的屋頂上。

後來，我們從旅館的窗戶，發現了遠方的河口，竟聚集著成千上萬的紅鶴鳥，我們立即開車去尋找牠們。我們爬過了鐵絲網，穿過了火車鐵軌，才盡可能的接近牠們，牠們像蔓延著火紅色的光，鋪散在整個水面之上。牠們的壯麗，使我站立在呼呼的風聲中，眺望並感動不已。

離開了使人爭鬥，並興起獨占的欲望的鑽石，和虛熱的鑽石礦，慶伯利竟也有如此跳動自然的一面？

我突然覺得有些感謝，時間使鑽石和戰爭的城鎮枯朽，卻使春天降臨在此，盎然生機。

水之書

一

非洲大地深夜的暴雨，聽起來總是像一句簡短的吶喊，從天空的某處來的，開始時激昂，停止時卻茫然虛無。

雷聲帶來了一些低吼，使我想起了獸，一種焚城以後曾痛哭流涕的獸。以及，英雄如灰燼般黝黑的臉孔，和高大的木馬裡，流出敵人的腸肚。

除了非洲這樣的大雨，還有什麼能像死亡那樣巍峨，卻總鑼鼓喧鬧的降臨，又崩塌於無聲無息？

大雨停了。那一聲如鷹的咆哮也遠了。

小鎮下起了六月雪。這是一場非洲的風雪，
屬於這燥熱乾旱，與大雪酷寒交替掠奪的非洲大地。

二

一場六月雪的消息，說起來遙遠，其實又近得不得了。

早晨突然有人把我從睡眠中拉醒，說是巴索圖山區下起了雪，此時是南半球的六月寒冬。我匆忙的穿了保暖衣物，跟著驅車上山。

這段山路，包含通過國界關卡，大約需要兩個鐘頭的時間。所以等我們終於進入山區時，陽光已經薄薄的透了出來，雖然整個空氣仍像是穿了一件灰色、材質沉重的雨衣。

也許是因為日光的關係，我們已經看不見任何一片雪花從眼前飛落。只是車子仍執著的向前開去，經過一個大轉彎，寬闊聳立的峭壁，突然出現在眼前，卻不再是從前黃土龜裂的樣子，而是變成了一片片俐落的鏡子，好像這世界瞬間結成了冰的紀元。

似乎有人大叫了：好美，像阿爾卑斯山一樣。

此時，幾個巴索圖壯年披著傳統的羊毛毯子，騎著馬從我們旁邊經過。我忍不住抬頭，看見山坡上幾幢茅草屋頂的泥造圓屋，幾個婦女正抖動著被霜雪沾上的衣物，在這樣陰冷的日子裡，她們仍神情依舊的勞動著。而屋前幾棵，巨大崢嶸的瓊麻，這種象徵熱帶旱地的植物，也毫無改變的撐開粗厚的葉子。

這終究是一場非洲的風雪，無論多麼的神祕美麗，卻是屬於這燥熱乾旱，與大雪酷寒交替掠奪的非洲大地。

我不禁覺得安心起來，就算天地多麼不仁，這嚴峻的氣候，竟也無法動搖這世代相傳的，敬畏神靈的泰然生活。

回到我們居住的小鎮，我們才赫然驚覺，小鎮也下起了雪，淺淺的雪花擱在院子裡的花草上，連仙人掌的尖刺上也灑著一些。我用指間捏起一點雪花，它們立刻就融了，像是誰的告別的詩句，那麼輕盈，那麼澹然。

那是六月，在非洲下起的一場寒雪。

三

夏日熾熱，我切開一顆鳳梨，卻早已發酸且冒出白色的細泡，我只好往垃圾桶裡丟了。

幾天後，我在屋外堆放垃圾的地方，看見幾個大人小孩，正一一的解開這些黑色袋子，從裡面挑取可堪食用的東西。其中一個小男孩，正從裡面撈出一片鳳梨皮，興奮的把它整個貼在臉上，用力地啃了一口，早已發酵的鳳梨汁，從他小小的嘴邊，流淌下來。

此時，一陣熱風吹來，被他們翻掀出來的各種垃圾，隨之飄揚，散落在隔壁人家光鮮油嫩的草皮上。它們看起來如此倉皇、突兀，就像是我們富裕的物質生活所甩落的，巨大的皮屑。

過不了多久，我們果然因為沒有妥善處理垃圾而遭人檢舉。

我想起了隔壁那戶豪華的住宅，它的主人我是見過的，精明幹練、答辯如流、個子矮小，穿著羊毛大衣的新興黑人官僚階級。也許，他房子草皮的整潔華美，遠比起他的族人在垃圾堆裡翻找食物，或者小男孩貪婪吸吮一片酸臭鳳梨皮的神情，更能使他動容吧。

某些他早已遺忘的，困苦的，或掙扎求生的並肩的時代，都變成了垃圾和發臭的汁液。

四

非洲苦雨，旱日連連，連花園的土都乾得龜裂了，水龍頭裡呼嚕呼嚕的，沒有半滴水。

此時，就算我們有再富足的生活，也無法向老天交換一滴悲憫的淚水了。我總覺得應該會有一個聖者，在野地的某處，雙膝跪地叩首，直至額上流出血來。

也許這聖者或是野獸，都是非洲自己。這私欲的，與群眾的；戰亂的，與高歌的；豐饒的，與貧窮的；暴雨的，與乾旱的。

而新的世界，正如水，不斷降臨，不斷消逝。

後記

回家去流浪

我有兩年多沒有回去島嶼家鄉了，因為討厭搭長途飛機。好友M花了幾年的時間，在英國唸書，又轉到美國唸書，最後待在美國工作，有一次她居然寫信告訴我，誰知道妳坐在飛機裡面的時候，飛機有沒有乖乖的在飛呢？還是跑到什麼地方去玩了？我不知道M什麼時候，變得那麼村上春樹，那麼焦糖瑪琪朵。

南非航空搞不好猜到了我們的疑惑，所以在小螢幕上加裝了讓你可以看見機頭飛行情形的頻道。飛機的確是盡力的在飛行著，穿過了雲層和黑夜。

約翰尼斯堡機場正在整修中。掛著大大的布條說，要讓你看見全世界最好的機場。

那是因為二〇一〇年世界盃足球賽而進行的工程。南非終於獲得了這樣偉大比賽的主辦權，許多城市的陰暗面都必須因此，而加速更新。

我在德國的世界盃閉幕式上，從電視鏡頭裡，看見舉著曼德拉畫像的南非人，向全世界宣告南非見的歡迎訊息。但更多的人，卻都在討論和猜測，南非是不是真的能夠安然的舉辦這個盛大的比賽。世界上許多知名、富裕的城市，也都擺明了願意替南非收拾這個爛攤子。

南非的治安問題，會不會威脅選手、媒體和從世界各地湧入的觀光客？南非甚至沒有公共交通，只有破舊的狹小的，擠著許多人的黑人巴士，這樣怎麼足夠消化、接駁機場、旅館和球場之間的球迷？南非的建築品質和嚴重貪污，是否能如期蓋出那樣豪華、絢麗的球場？

連南非人自己都忍不住懷疑起最後的結果。

然而，體育運動真的是德國慕尼黑、澳洲雪梨那些精緻的城市，才能接納的嗎？還是這本來就是一場國際的，資本和金錢的競技？

人類是從非洲開始奔跑的。我想起了那些在黃土、石頭路上踢足球的黑人孩子。

於是，我在飛機上想著這些零碎的問題，昏睡，又想著，又昏睡。

後來，我在台北待了一個月又多幾天，大部分的時間是享受美食，訪友，和花錢修整自己荒廢已久的門面。

有一天傍晚，和朋友分手以後，我居然一個人走了好幾個公車站牌。

那時剛受「自轉星球」之邀，寫了《不如去流浪》裡的一篇文章：〈旁邊〉，寫的是黑人區索威托的事。然而，在漸暗的台北街頭，在急竄的車流聲中，我的腳步那麼短促，那麼激烈，我竟然有了正在流浪的感覺，我常在非洲產生一種家園般的認同感，如今，卻回到家裡流浪？

我在一家書店裡遊蕩著，到處是人，外面下起了毫無人情味的大

雨。我試著靜下心去閱讀一本書，卻沒有辦法。像一隻孤鬼，和這個燈光柔美，響著古典音樂的人間，格格不入。我甚至連翻過一頁書，手指都忍不住發抖。

我索性坐在階梯上。同樣坐在階梯上的女人，正在滔滔的講著手機，興奮的談起某一個政治人物，光滑好看的臉孔。

終於我決定起身走了，我忍不住對某些氣味過敏。想起資產階級知識分子，身上那條名牌牛仔褲，華麗而昂貴的破洞，以及貧困的非洲。

我把我的想法，告訴了梓評。

「看著這個城市，我……」

「不敢相信自己曾經在這裡住過？這種感覺我也有過。」他說。

但島嶼終究是我的家，我知道的。那麼羶熱、虛懸，卻又像一只馬鈴薯，到處急著發芽的家鄉。

而我也想說一句感謝梓評的話，謝謝他使這個城市，仍然這樣溫甜可愛。

但我沒說。

有一天，我會在國際運動比賽時，同時為我們的島嶼和非洲加油。在陽光中，同時為我們的島嶼和非洲祈禱，如同創世以後的第一

個真摯的早晨。

誰叫我們，出生在這個流浪時想回家，回家時想流浪的世代？於是處處是家，處處是流浪的荒土。

我想起了一種叫非洲鳳仙花的植物，它會結成一個個的種子莢，等時機成熟時爆炸開來，那股強大的力量，足以使種子盡可能的飛向更遠的地方。

我們不都是那些飛離母體，歡呼著，孤獨著的，流浪的種子？

國家圖書館預行編目資料

詩人與獵人 ： 島嶼女生的非洲時光 ／ 林怡翠著. -- 初版. -- 臺北市 ： 寶瓶文化, 2007.11
面 ； 公分. -- (island ； 91)

ISBN 978-986-6745-11-9(平裝)

855 96020408

寶瓶 文化事業有限公司 AQUARIUS

Island 091

詩人與獵人——島嶼女生的非洲時光

作者／林怡翠 攝影／黃丁盛

發行人／張寶琴
社長兼總編輯／朱亞君
主編／張純玲
編輯／羅時清
外文主編／簡伊玲
美術主編／林慧雯
校對／羅時清・陳佩伶・余素維
企劃主任／蘇靜玲
業務經理／盧金城
財務主任／歐素琪 業務助理／林裕翔
出版者／寶瓶文化事業有限公司
地址／台北市110信義區基隆路一段180號8樓
電話／(02)27463955 傳真／(02)27495072
郵政劃撥／19446403 寶瓶文化事業有限公司
印刷廠／世和印製企業有限公司
總經銷／聯經出版事業公司
地址／台北縣汐止市大同路一段367號三樓 電話／(02)26422629
E-mail／aquarius@udngroup.com

法律顧問／理律法律事務所陳長文律師、蔣大中律師
如有破損或裝訂錯誤，請寄回本公司更換
著作完成日期／二○○七年
初版一刷日期／二○○七年十一月
初版二刷日期／二○○七年十一月九日
ISBN／978-986-6745-11-9
定價／二六○元

本著作獲國家藝術基金會94-2創作暨出版補助

寶瓶文化事業 AQUARIUS

愛書人卡

感謝您熱心的為我們填寫，
對您的意見，我們會認真的加以參考，
希望寶瓶文化推出的每一本書，都能得到您的肯定與永遠的支持。

系列：I091　**書名：詩人與獵人——島嶼女生的非洲時光**

1.姓名：＿＿＿＿＿＿＿＿　性別：□男　□女

2.生日：＿＿年＿＿月＿＿日

3.教育程度：□大學以上　□大學　□專科　□高中、高職　□高中職以下

4.職業：＿＿＿＿＿＿＿＿

5.聯絡地址：＿＿＿＿＿＿＿＿＿＿＿＿＿＿＿＿

聯絡電話：(日)＿＿＿＿＿＿＿＿(夜)＿＿＿＿＿＿＿＿

(手機)＿＿＿＿＿＿＿＿

6.E-mail信箱：＿＿＿＿＿＿＿＿＿＿＿＿

7.購買日期：＿＿年＿＿月＿＿日

8.您得知本書的管道：□報紙／雜誌　□電視／電台　□親友介紹　□逛書店　□網路　□傳單／海報　□廣告　□其他

9.您在哪裡買到本書：□書店，店名＿＿＿＿＿　□劃撥　□現場活動　□贈書　□網路購書，網站名稱：＿＿＿＿＿＿　□其他＿＿＿＿＿

10.對本書的建議：(請填代號　1.滿意　2.尚可　3.再改進，請提供意見)

內容：＿＿＿＿＿＿＿＿＿＿＿＿

封面：＿＿＿＿＿＿＿＿＿＿＿＿

編排：＿＿＿＿＿＿＿＿＿＿＿＿

其他：＿＿＿＿＿＿＿＿＿＿＿＿

綜合意見：＿＿＿＿＿＿＿＿＿＿＿＿＿＿＿＿＿＿＿＿

11.希望我們未來出版哪一類的書籍：＿＿＿＿＿＿＿＿＿＿＿＿

讓文字與書寫的聲音大鳴大放

寶瓶文化事業有限公司

(請沿此虛線剪下)

廣　告　回　函
北區郵政管理局登記
證北台字15345號
免貼郵票

寶瓶文化事業有限公司　收

110台北市信義區基隆路一段180號8樓

8F,180 KEELUNG RD.,SEC.1,

TAIPEI.(110)TAIWAN R.O.C.

（請沿虛線對折後寄回，謝謝）